KEITAI
SHOUSETSU
BUNKO
野いちご SINCE 2009

吸血鬼くんと、キスより甘い溺愛契約

～イケメン御曹司な生徒会長に、異常なほど可愛がられています～

みゅーな＊＊

JN031251

◎ STARTS
スターツ出版株式会社

イラスト/Off

わたしが契約している吸血鬼の男の子は——。

「痕いくつ残しても足りないね」

「やぁ……、ダメ……だよ」

わたしだけに、とっても甘いんです。

神結空逢
×
漆葉恋音

「こんな姿、僕以外の男に見せられないね」

「欲しいなら、ちゃんと自分からねだらないと」

「恋音の甘い血……たくさんちょうだい」

この契約は
とびきり甘くて、ちょっと危険なもの。

吸血鬼くんと、キスより甘い
溺愛契約

イケメン御曹司な生徒会長に、異常なほど可愛がられています

登場人物

神結 空逢
（かみゆい そあ）

吸血鬼の名家に生まれた御曹司で、勉強もスポーツもできるイケメン完璧男子。紅花学園では生徒会長を務める。

漆葉 恋音
（うるは このん）

紅花学園で副生徒会長を務める高校3年生。生徒会長の空逢とは家同士の関係で13歳の頃から契約を結んでいる。

紅花学園
とは…
（こうか）

吸血鬼と人間が共存できる場所として、国が用意した学園。吸血鬼は能力が優れていることが多く、国も大事にしたい存在のため設立された。吸血鬼と"血の契約"を交わしていることが前提となる特待生制度がある。契約を交わした吸血鬼は契約相手の血しか飲めなくなる上、契約解除は学園で年に1回行われるイベントでしかできない。

観月 碧架
みづき あおか

恋音と同じクラスの友達で、サバサバしたところが頼もしい人間の女の子。恋音の相談相手。

椋代 透羽
むくしろ とわ

空達と同じ高校3年生の吸血鬼で、空達の友達。誰とも契約しておらず、モテモテでチャラい。

黒菱 璃来
くろびし りく

紅花学園の生徒会メンバーで、会計を務める高校2年生の人間の男の子。頭脳明晰でゲームが大好き。

紫藤 權
しどう かい

紅花学園の生徒会メンバーで、書記を務める高校2年生の吸血鬼。生徒会をまとめるしっかり者。

☆contents

☆
☆
☆ ☆

第 1 章

生徒会室で甘い時間。

　放課後の誰もいない生徒会室。

「あのっ、空逢くん……っ。誰か来たら……」

「大丈夫だよ。さっきちゃんと鍵かけたから」

　ふたりっきり、誰も邪魔が入らない空間。

　ふかふかのソファの上で、ちょっと強引に迫られて、逃げられない。

「早く恋音をちょーだい」

　本来なら生徒会室は、こんなことしちゃいけない場所なのに。

　今から、とってもイケナイコトをしようとしてる。

「寮に帰ってからじゃダメ……？」

「ダーメ。僕は今すぐ恋音が欲しいの」

　ネクタイをシュルッとほどかれて、ブラウスのボタンも上から外されて。

「あんまり焦らすと強く噛むよ？」

　妖艶に笑うとっても色っぽい表情と、口元からちらっと見える……少し鋭い八重歯。

「い、痛いのやだ……よ」

「うん。優しくするから、ぜんぶ僕にあずけて」

　ギュッとわたしを抱きしめて、露わになっている鎖骨のあたりを舌で軽くツーッと舐めて。

「恋音の肌は白くて綺麗だね」

「っ……」

「……噛みついて、けがしたくなる」

八重歯がチクッと肌に触れて、深く入り込んでくる瞬間が少し痛い。

数えられないくらい何回もされているのに、この痛みに慣れることはなくて。

キュッと空逢くんのブレザーの裾を握る。

「ん……っ」

「そんな可愛い声出して。僕以外の男が聞いてたら、嫉妬で狂っちゃうね」

また、さらに深く噛まれて──身体から血を吸われているのがわかる。

「恋音の血が甘すぎて、おかしくなりそう」

満足そうに口の端をペロッと舐めながら、わたしのことを見下ろしてる。

ふと、空逢くんのネクタイを見ると、きらりと光るバラの校章。

わたしたちが通う紅花学園には、桜の校章とバラの校章をつけている生徒がいる。

どうして、ふたつに分かれているのかというと。

桜の校章は人間である証。

そして、バラの校章は──吸血鬼である証。

紅花学園は、人間と吸血鬼が集う特殊な学園なのだ。

神結空逢くんは、紅花学園の生徒会長でもあり、わたしが契約してる相手でもある。

　そもそも、"契約"ってものが何かというと。

　この学園では、吸血鬼と人間が血を通して契約を交わすことができる。

　もし契約したら、吸血鬼は契約した人間の血しか飲めなくなる——そして、他の人間の血を飲んだら命を落としてしまう。

　だから、吸血鬼にとって人間と契約するのは命をかけるのと一緒のこと。

　人間も、契約した吸血鬼以外には血をあげてはいけない。

　それに、契約を解除しない限り……ずっと吸血鬼に血を与えないといけないから、それなりに覚悟が必要だと初めて契約するときに教えてもらった。

　大げさに言うなら——契約したら、お互いぜったい離れられない存在になるということ。

　もちろん、契約するのは強制じゃないので、契約していない生徒もいる。

「もう生徒会の仕事なんて放棄して、恋音のことだけ可愛がってたいね」

「ダ、ダメだよ……っ。ちゃんと仕事もしないと」

　そして、わたし漆葉恋音も生徒会のメンバーでもあり、副会長として空逢くんの仕事の補佐をしている。

　……はずなんだけど。

　空逢くんは、わたしにあまり仕事を振ってくれない。

「恋音は僕の隣にいてくれたら、それでいいよ」って。

　空逢くんは、昔からずっと、とにかくわたしに甘くて優

しい。

いつも、わたしのことを大切にしてくれて、そばにいて
くれる。

それに、誰もが羨むような完璧な容姿。

さらっとしたミルクティー色の髪に、ぱっちりした二重。
スッと通った鼻筋に、薄くて色っぽい唇。

いつも笑顔で、怒っているところは、ほとんど見たこと
がない。

内面も、とても優しくて温厚な性格。

そのうえ勉強もスポーツも、なんでもぜったいにトップ
を取るのが、空逢くんのすごいところ。

これは、小さい頃から変わらない。

生徒会長にふさわしい、何もかも完璧にこなしてしまう
天才型の空逢くん。

反対にわたしは、昔から胸を張って得意と言えるものが
なくて、何をやっても時間をかけないと身につかない
努力型。

だから、そんな完璧な空逢くんの隣にいても恥ずかしく
ないように、たくさん努力してきたつもり。

でも、今こんなふうに空逢くんのそばにいられるのは、
家柄のおかげ……って言ったらいいのかな。

わたしが空逢くんと契約してるのも、お互いの家柄が関
係しているから。

空逢くんの家系は、吸血鬼の中でもかなりの名家であり、
日本でも名前が知られている大企業の御曹司でもある。

　わたしの家系は、そんな神結家に代々仕えている。

　いわば、主従関係が成り立っているというわけ。

　お父さんが会社の社長さんで、空逢くんがそのあとを継ぐとも言われている。

　そして、わたしのお父さんの会社に投資をしてくれているのだ。

　神結家の投資があってこそ、わたしのお父さんの会社が存続していると言ってもいいくらい。

　資金的にも、かなり援助を受けているから、神結家にはぜったいに逆らっちゃダメって、両親から言われていた。

　そんな事情もあって、幼い頃からわたしの隣には常に空逢くんがいた。

　小さいときは、お兄ちゃんみたいな存在の空逢くんに、頼って甘えてばかり。

　ううん……正確に言えば、空逢くんがなんでもしてくれていたから。

　『恋音は何もできなくていいよ。何かあれば僕だけを頼って、僕がそばにいなきゃダメになれば』って、口ぐせのように言っていた。

　何もできないわたしのそばにいてくれるのは、空逢くんだけなんだって思ったら、離れるなんて考えられなくて。

　この学園で、人間と吸血鬼が契約してる理由といえば、ほとんどがお互いを想い合っている。

　でも、わたしたちは違う。

　これは、家柄で決められた契約だから。

　わたしと空逢くんが契約したのは、13歳のとき。

　紅花学園は中高一貫校なので、中学に入ってから契約して、高校3年生になった今も解除することはないまま。

　初めて契約したときは、あまり仕組みがわからなかったけど。

　ただ、空逢くんに『契約したら、恋音はずっと僕から離れられないよ』って言われたのは、よく覚えている。

　その言葉どおり、契約をしてから、ますます空逢くんと離れられなくなった。

　もちろん離れたいと思ったことはないし、そばにいたいと思うのは自分の意思。

　だって、物心ついたころから、わたしは空逢くんのことが好きだから。

　今も、その気持ちは変わらない。

　ただ、それを伝えることはなくて、ずっと自分の胸の中に想いをしまい込んだまま。

　きっと、好きって気持ちがあるのは、わたしだけ。

　空逢くんからしたら、わたしは妹みたいな、家族のような存在でしかないだろうから。

　この契約だって、家柄の決まり事で仕方なくわたしと契約してるんだって。

　こんな想いを抱えたまま、何年も過ぎてしまっている。

「どうしたの、恋音？　僕と一緒にいるのに上の空なんて」

　あっ……、すっかり自分の世界に入り込んじゃっていた。

　いつもの悪いくせ。

　考え込むと、目の前のことが見えなくなっちゃう。

「あ、えっと……、ちょっといろいろ考えてて」

「それじゃあ、僕のことしか考えられないようにしないとダメだね」

「へ……っ」

　なんともなさそうに、優しそうな顔で笑ってる。

　空逢くんは、にこにこしてるときが危険だったりする。

「もっと深く噛んでもいいの？」

「えっ、あっダメ……です」

「やだよ。恋音が僕以外のことを考えてたからお仕置き」

「ひぇ……や……っ」

　わたしの身体に負担をかけないように、背中に空逢くんの腕が回ってきて、優しく抱きとめるようにゆっくりソファに押し倒された。

「このまま……恋音のこと食べちゃおうか」

　きっちり締めた自分のネクタイをシュルッとゆるめながら、スローモーションみたいに顔を近づけて。

　距離の近さに、思わずギュッと目をつぶった直後。

　ドンッと、かなり大きな音が扉のほうからした。

　え……、え？　いったい何ごと？

「はぁ……。もう鍵開けられちゃったか」

　なんて、空逢くんが残念そうに言ったら。

　何やら、こちらに近づいてくる足音がして。

「……会長。もういい加減、生徒会室に変な鍵つけるのやめてもらえません？　毎回ぶち壊すの大変なんで」

「櫂と璃来は、相変わらず時間にきっちりしてるね」

　わたしたちを、ジーッと見てる男の子がふたり。

　壁にかかる時計を見ると、午後4時になっていた。

　はっ……いけない！

　今から生徒会の定例会議だっていうのに、すっかり忘れてた……！

　慌てて空逢くんのそばから離れて、ちょっと乱れた制服を直そうとしたら。

「ひゃ……っ、空逢くん……？」

　なんでか、ギュッと抱きしめられちゃった。

　ふたりが見てるっていうのに、お構いなし。

「さて、櫂と璃来は今すぐ後ろを向いてくれるかな。恋音を見たら今すぐ退学……いや、抹消かな」

　んんん!?　今すごく怖いワードが聞こえたような。

　気のせいかな？

「会長が勝手に脱がしてるんじゃないですか」

「んー。まあ、それは恋音が可愛いのが悪いよね」

「ほんと、相変わらず頭の中は漆葉先輩のことばっかりですね。俺も璃来も、散々振り回されて疲れますよ」

　呆れながら、ふたりともそそくさとソファから離れて、自分の席のほうへ。

「ほら、恋音は僕の腕の中で制服ちゃんと直してね」

「あっ、はい」

　ちなみに、今ここに来たふたりの男の子は、生徒会のメンバー。

　いつも、空逢くんの暴走を呆れて止める紫藤櫂くんは、生徒会で書記を務めてくれている。

　わたしたちのひとつ下の２年生だけど、すごく落ち着いていて、仕事もしっかりこなしている。

　生徒会の集まりがあるとき、みんなをまとめてくれる子で、空逢くんも信頼して仕事を任せているみたい。

　紫藤くんも、空逢くんと同じでバラの校章をつけているので吸血鬼。

　そして、もうひとり。

　黒菱璃来くん。黒菱くんも紫藤くんと同じ２年生。

　普段から寡黙で、いつも無表情。

　ただ２年生で、ずば抜けて頭が良いみたい。

　その頭の良さと回転の速さを見込んで、空逢くんの推薦で会計をやってくれている。

　なんでも、ゲームがすごく好きみたいで、ゲームをやるために早く寮に帰るのを目標にしているんだとか。

　黒菱くんは、わたしと同じ人間なので桜の校章をつけている。

　生徒会のメンバーは、わたしと空逢くんを含めて、この４人で活動している。

　こうして生徒会のメンバーが集まるのは週に３日。

　行事などがある時期は、ほぼ毎日集まることもあったり。

　４人で集まって話し合いをする定例会議のときは、生徒会室の真ん中にある大きなガラステーブルを使う。

　わたしと空逢くん、テーブルを挟んで紫藤くんと黒菱く

んが座っている。

　いちおう、生徒会室のいちばん奥の大きな机が、会長である空逢くんの席。

　そして、会長の席から少し離れた左斜め前が副会長であるわたしの席で、右斜め前が紫藤くんと黒菱くんが並んでいる席という配置になっている。

「……ってか、会長。よくも毎回懲りないで鍵を作り換えますね。いったい何してるんですか」

　やれやれと呆れながら、今日の議題が書かれているプリントを紫藤くんが配ってくれる。

「何って、恋音のこと可愛がってたんだよ」

「それは寮でやってください」

「櫂と璃来は優秀だから困っちゃうね。いつも鍵を換えても、すぐに開けちゃうから。恋音とふたりの時間を愉しむには、どうしたらいいかな？」

「俺に聞かないでください。もういっそのこと、地下にでも部屋作ったらどうですか」

「わー、それはいい考えだね。恋音を他のやつの目に映さなくてすむし、ずっとふたりでいられるし」

「いや、冗談です、やめてください。軽く犯罪です、監禁です。漆葉先輩が可哀想です」

　紫藤くんは、このとおり言いたいことをはっきり言うタイプ。

　いちおう、空逢くんが先輩で生徒会長っていう立場をわきまえて会話してる……とは思う！

　なんだかんだ、空逢くんの仕事をしっかりサポートして
くれてるし！

　こうして、紫藤くん進行のもと定例会議がスタートした
んだけど。

「会長……。いい加減、資料に目を通してもらえませんか。
どこに目つけてるんですか」

　さっきから、紫藤くんが資料の内容を細かく説明してく
れているのに、空逢くんはわたしを見てばかり。

「そ、空逢くん！　紫藤くんの言うとおり、ちゃんと資料
見ないとダメだよ！」

「漆葉先輩も言ってますよ。俺が話してるときくらい、き
ちんと資料を見てください」

「それは無理かな。恋音が可愛すぎて、資料に目がいかな
いよ」

　もう……っ、こんなときまで、さらっと可愛いって言わ
ないでほしい。

　毎回のことだから、紫藤くんもため息をついて呆れてる。

「それじゃあ、漆葉先輩に生徒会室から出ていってもらう
しかないですね」

　えっ。ついに、わたしが生徒会から追放……!?

「それなら僕も一緒に出ていこうかな。あとの仕事は、櫂
と璃来に任せるってことでいい？」

「はぁ……。ほんとに、なんでこんな人が生徒会長なのか
不思議ですね」

「それは褒めてくれてるのかな」

「けなしてます」

　いつも、紫藤くんが空逢くんの態度に呆れて、黒菱くんはそのやり取りを無表情で何も言わずに見てるだけ。

　……と、こんな感じで2年生ふたりが主になって進めてくれて、わたしは副会長っていう立場なのに、紫藤くんと黒菱くんがまとめた資料に感心してばかり。

「では、次に今年の生徒会の予算についてですが。この件は璃来に説明してもらいます」

　ふたりともわたしより年下なのに、しっかりしてるし仕事もきちんとこなしてる。

　空逢くんが、ふたりを信頼してるのがすごくわかる。

「……いちおう、今年はこれくらいの予算で進めたいと思っています。あと、毎年ごく一部の部活動の生徒から、部費が少ないとクレームが来てます。どうしますか、会長」

　黒菱くんが意見を求めてるのに、肝心の空逢くんはというと。

「会長。仕事する気がないなら、今すぐここから出ていってください、邪魔です。ってか、これ何回目ですか」

　話してる黒菱くんを見てるわけでもなく、資料を見てるわけでもなく。

　頬杖をついて、またしてもにこにこ笑いながら、わたしのほうばっかり見ている。

「櫂は厳しいね。大丈夫だよ、きちんと話は聞いてるから」

「じゃあ、璃来が意見を求めてるので答えてください」

「その件に関しては、僕のほうから先生方に交渉してみる

よ。まあ、部費は実績のある部活動に多く振られる傾向にあるから、それは仕方ないことだと思うんだけどね」

　てっきり、あんまり聞いてないのかと思ったら、きちんと簡潔に答えているから空逢くんはすごい。

「では、今日の議題は以上です。会長から何かあればどうぞ」

「櫂と璃来がすごく優秀で助かってるよ。いつもありがとう。僕から言うことはとくにないかな」

「そうですか。じゃあ、今日はこれで解散で。あと漆葉先輩、机の上に書類置いたので。内容がよければ、会長に回していただけますか」

「あ、わかりました！」

「それじゃ、俺はもう帰りますね。お疲れさまでした」

「……俺もゲームの予定があるんで帰ります。お疲れさまです」

　ふたりとも、ささっと帰る準備をして数分で生徒会室を去っていく。

　えっと、じゃあ、わたしは自分の仕事をしてから帰ろうかな。

　自分の席に戻って、仕事をしようと思ったんだけど。

「恋音もずっと話聞いてて疲れたでしょ？　もう今日は何もしなくて大丈夫だからね」

「えっ、あ、ううん！　わたしは何もできてないから、さっき紫藤くんから頼まれた書類に目を通そうかなって」

「いいよ、それは僕がやっておくから」

「で、でも……」

「僕がやってあげたいから、いいんだよ気にしなくて」

「うぅ……それじゃ、わたしの仕事なくなっちゃう」

　このままだと生徒会にいる意味がなくて、役立たずでい
つか紫藤くんからクビですとか言われちゃいそう。

「じゃあ、コーヒー淹れてもらおうかな」

　わたしの頭をポンポンと撫でて、自分の席に戻って仕事
を始めちゃう空逢くん。

　ふたりが帰ったあと、空逢くんは必ず議題であがった資
料をもう一度読み返している。

　普段わたしに甘い空逢くんにもドキドキしちゃうけど、
こうして生徒会長として仕事をしている姿も、とっても
かっこいい。

　結局、空逢くんに甘えてしまって、わたしはコーヒーを
淹れるくらいしかできなくて。

「ありがとう。恋音が淹れてくれるコーヒーが、いちばん
美味しいね」

　にこっと向けられる笑顔に、今日もわたしの心臓はドキ
ドキしてばかりです。

ふたりっきりは、もっと甘く。

　空逢くんの仕事が終わってから、ふたりで帰ることに。

　時刻は、夕方の６時を過ぎている。

「ごめんね、少し遅くなっちゃったね」

「ううん。空逢くんもお疲れさまです」

「早く寮に帰って、恋音を独り占めしたいな」

「へ……っ!?」

「可愛い恋音でたくさん癒してね」

　さらっと手を取られて、恋人つなぎ。

　空逢くんはずるい。

　付き合ってもいないのに、恋人みたいなことを自然としてくるから。

　わたしが、どれだけドキドキしてるかなんて知らずに。

　ちなみに、紅花学園は全寮制。

　男子寮、女子寮、特別寮と３つに分かれている。

　契約を交わした吸血鬼と人間は、できる限り行動を共にしないといけない決まりがあって。

　寮は本来なら男子寮、女子寮と分かれているけど。

　特別寮は契約している吸血鬼と人間の寮で、部屋はもちろん同室。

　学年が一緒なら同じクラスで、どこに行くのも一緒。

　なので、わたしと空逢くんは中学の頃から今までずっと同じ寮で生活してるし、クラスだって離れたことが一度も

ない。

　契約した吸血鬼は他の人間の血を飲めないから、契約している人間が常にそばにいないと、いつ血が欲しくなるかわからないから。

　この学園では、そういうルールがある。

　わたしと空逢くんも契約しているので、本来なら特別寮に入ることになるんだけど。

　空逢くんは、紅花学園でトップに君臨する生徒会長。

　だから、学園側が特別に空逢くんだけの寮……というか、別宅のような寮をプレゼントしていて。

　他の生徒が、まったく出入りすることができない空逢くん専用の寮が存在する。

　もちろん、契約相手であるわたしも、その寮で生活している。

　なので、学園を出て寮に帰れば、完全に空逢くんとふたりっきりになる。

　寮の部屋に着いて、クローゼットがある部屋で制服から着替えようとしたんだけど。

「ひゃぁ……空逢くん……っ？」

　部屋の扉が閉まって、ガチャッと鍵がかけられたと同じくらい。

　すぐさま、真っ正面から空逢くんに抱きしめられた。

「はぁ……。やっと恋音に触れられる」

「ま、まだ帰ってきたばかりだよ」

「うん。僕ここまで我慢したのえらいよね」

「え?」

　あれ、あれれ。なんだか、すごく危険な予感がする。

「ここなら、いくらでも可愛い声出していいよ」

「ま、まってまって!　まだ着替えてな……」

「いいよ。脱がすから」

　相変わらずの、にこにこ笑顔でわたしのネクタイをいとも簡単にほどいちゃって。

　ブラウスのボタンも、スイスイ上から外されて。

「やっ、まって……っ」

「ダーメ、抵抗しちゃ」

　壁にトンッと手をついて、空逢くんの長い脚がわたしの脚の間に入ってきた。

　一気に恥ずかしさに襲われて、目線を下に落とそうとしたら、それを先に読まれてしまった。

「ちゃんと僕のこと見て」

「う……やっ……恥ずかしい……」

　空逢くんの指先が顎に添えられて、そのままクイッとあげられて、しっかり目線が絡む。

「あー……可愛いね。僕の心臓が止まりそうなくらい可愛いよ。ほら、もっと僕のこと見て」

「……あ、う……そんな見れない……よ」

　じっと見つめられるだけで、心臓が壊れちゃいそう。

「普段の可愛い恋音もいいけど、脱がされかけてるエロい恋音もたまらなく可愛いね」

「うぬ……っ」

　こんなされるがままになっちゃうの、よくないのに。

　いつも空逢くんのペースに乗せられて、わたしばかりがドキドキしちゃう。

「生徒会室では邪魔が入ったから。今から時間の許す限り、恋音の身体にたくさん痕を残そうかな」

　フッと余裕そうに笑って、瞳はまるで獲物を狙うオオカミさんみたい。

「真っ白な肌に紅い痕……すごく綺麗に残るもんね」

「う……っ、そんなたくさん残さないで……っ」

「それは聞けないお願いかな。恋音は僕にされるがままになってればいい。たくさん気持ちよくしてあげるから」

　わたしが抵抗できないように、両手を軽く壁に押さえつけて、首筋に顔を埋めてキスを何度も落としてる。

「痕いくつ残しても足りないね」

「やぁ……、ダメ……だよ」

　さっきからずっと、制服から絶妙に見えそうな場所に強く吸いついて。

　今度は制服から見えない、際どいところにたくさんキスを落として。

「ダメって言うのに、身体は反応してるよ？」

　へなへなっと足元から崩れそうになっても、空逢くんは手加減してくれない。

　わたしの腰に腕を回して、空逢くんに支えてもらって、なんとか立ってる状態。

「このままもっとする？」

「で、できない……です。もう止まってくれないと怒っちゃう……よ」

「それじゃ、夜にたっぷり可愛がってあげるってことでいいの？」

「へ……？」

「続きは夜にしようね」

　夜寝る前も甘い時間は続いた。

　個人でそれぞれの部屋も用意されているけど、空逢くんは必要ないって言う。

　部屋のいちばん奥には、大きなベッドだけがある部屋もあって。

　寝るときのベッドだって、別々だったのに気づいたら空逢くんが大きなサイズのベッドひとつに変更（へんこう）しちゃった。

　だから、夜も寝るときは一緒で同じベッド。

　寝る前が、いちばん空逢くんの暴走が止まらなくなるとき……かもしれない。

　さっきから、わたしのことを抱きしめながら、優しく焦らすような手つきで身体に触れてきてる。

「うぅ……空逢くん……っ。そんな、いろんなところ触（さわ）らないで……っ」

「どうして？　恋音に触れたいのに」

「でも……ひゃぁ……っ」

「ほら、可愛い声出た。恋音の身体も素直（すなお）に反応してるよ」

　フッと笑いながら、全然手を止めてくれない。

　背中を軽く指先でなぞったり。

　首筋に何度も優しくキスを落としてきたり。

　甘すぎて、身体中が熱くなってくる。

「もう、やだぁ……」

「もどかしい？　もっと触ってほしい？」

「ち、ちが……っ」

　部屋着のワンピースの裾をめくって、太ももの内側を大きな手のひらがスッと撫でてくる。

「ワンピースっていいね。こうやって、恋音の敏感なところ触れるから」

「う……っ」

「やわらかくて、ずっと触ってたいね」

　部屋着は、ほとんど空逢くんがプレゼントしてくれたものばかり。

　どれもデザインは可愛い系のもので、白とかピンクとかパステルカラーの、わたし好みのをプレゼントしてくれるんだけど。

「空逢くんが選んでくれる部屋着、丈が短いのばっかりだから困っちゃう……」

「ふっ……そりゃ、脚出てるやつがいいでしょ」

　にこにこ笑顔で、とっても危ないこと言ってる。

　触る手も、もっと奥まで触れてこようとしてる。

「……こうやって、恋音の身体を可愛がってあげると、血が甘くなるんだよ」

「そ、それほんとなの……？」

「さあ。それは僕しかわからないからね」

　いつも、空逢くんが血を欲しがるときは、たくさんわたしの身体を触ってから噛んでくる。

「まあ、僕が触りたいって欲を抑えられないんだけどね」

　身体に触れる手が、やっと離れたと思ったら今度は真上に覆（おお）いかぶさってきて。

「そろそろ僕も我慢の限界かな」

　また首筋に顔を埋めて、舌先で鎖骨から首のところをなぞるように舐めて。

　ピリッと刺（さ）すような痛みがあると、皮膚（ひふ）に深く鋭いのが入り込んでくる。

　この瞬間が、いつもちょっと痛くて慣れない。

「あー……甘い。たまんないね」

「ぅ……」

　無意識に、ベッドのシーツをギュッと握っちゃう。

「もっと……ちょーだい」

「うぅ……っ、や……」

　吸血してるときは、身体から何かを吸い取られてるみたいな感覚になる。

　力がスッと抜けていきそうで、意識も少しずつボーッとしてくる。

　血をあげる行為（こうい）は、もう何回もしてるのに。

　全然慣れなくて、いつも身体がふわふわしてる。

「はぁ……っ。恋音の血が甘すぎて止められない」

　ちょっと余裕のない表情で、もっと求めるように首筋に

噛みついたまま。

　わたしの血を欲しがって、夢中(むちゅう)になってる姿とか。

　吸血したあとに、妖艶に笑う顔とか。

　ちょっとイジワルに攻(せ)めてくるところとか。

　……ぜんぶにドキドキさせられて、心臓がいっこじゃ足りない。

　空逢くんが満足するまで血を与え続けたら、力が完全に抜けきってグタッとしちゃう。

　ボーッと空逢くんを見つめると。

「お願いだから、そんな可愛い顔で見ないで。もっと恋音のこと欲しくなるから」

「ふぇ……？」

「こんな可愛いの、他の男には死んでも見せたくない」

「だ、誰もわたしのこと見てないよ……？」

「恋音は自分の可愛さをわかってないんだね。僕以外の男は、可愛い恋音を狙ってる悪いやつばっかりなんだから」

　昔から空逢くんに言われてること。

　空逢くん以外の男の子は危険だから、安易(あんい)に近づいたり、喋(しゃべ)ったりしちゃダメって。

　ふたりっきりになるのなんか、ぜったい禁止(きんし)されている。

　でも、物心ついたときから、わたしに近づいてくる男の子は、なぜか全然いなくなって。

　『恋音に近づく僕以外の男なんて、全員邪魔だから排除(はいじょ)しないとね』って、幼い頃から空逢くんは、ずっとそう言ってる。

「僕だけが、可愛い恋音を知ってればいいの」

「空逢くんだけ……だよ？」

　わたしは、こんなに空逢くんで胸がいっぱいなのに。

「うん。他の男には渡(わた)したくないからね」

　近い距離で触れられて、ドキドキさせられて。

　好きって気持ちが増えていくばかり。

　翌朝──。

　昨日の夜は、空逢くんの腕の中で安心して眠りに落ちた。

　空逢くんに抱きしめてもらうと不思議と、すごくよく眠れる。

　抱きしめ方が大切なものを包み込むみたいに、とびきり優しいから。

　少しずつ眠っている意識が戻ってきたとき。

「はぁ……。寝顔(う)までこんな可愛いなんてね」

　薄っすら、そんな声が聞こえる。

　頬に大きな手が触れてるような気がして。

「……もっと僕のこと欲しがってくれたらいいのに」

　今度は唇を何やら、ふにふに触られてるような。

「目が覚めるまで……僕の好きにしちゃうね」

　何か軽く唇に押しつけられてる。

　あれっ……。寝てるだけなのに、このやわらかい感触(かんしょく)なんだろう。

「ん……っ」

　まだちゃんと意識が戻ってないから、何が起こってるの

かわからない。

　ちょっと苦しくて、顔を少しだけ動かすと。

「……ダメだよ、ずらしちゃ」

　さらにグッと押しつけられて。

「ん……ん……」

「……寝てるのに、そんな可愛い声出して」

　ちょっとずつ酸素が足りなくなって、さっきよりも苦しくなってる。

「……そろそろ起きちゃうかな」

　まるで、そのタイミングまでわかりきっていたように、スッと唇から何か離れたような気がして。

　同時にパチッと目を開けると、にこっと笑ってる空逢くんが映る。

「おはよう、恋音」

「お、おはよう……っ」

　朝、目が覚めると、必ず空逢くんのほうが先に起きてる。

　寝起きだっていうのに、爽やかな笑顔でこっちを見てる。

「今日も可愛いね」

「あ、ぅ……」

「恋音が無防備な寝顔見せてるから、僕もいろいろ我慢できなくなっちゃうね」

「えっ?」

「あ、いま言ったことは気にしなくていいからね」

　ベッドから出て、朝ごはんを食べて、身支度が終わって、あとは制服に着替えるだけ。

　ここでも、空逢くんの甘やかしは止まらない。

「あのっ、着替えは自分でできるよ……っ？」

「いいの。僕がやってあげたいの」

　小さい頃、ひとりで着替えができなくて、よく空逢くんに手伝ってもらっていたけど。

　もうわたしは高校生なわけで。

「やっ、でも！　ネクタイくらい自分でできるよ！」

　ちょっと強く言ったら、シュンッて落ち込んでる。

「恋音のためにやってあげたいのに？」

「う……」

「もう僕がいなくてもいいんだ？」

「うぅ……」

　結局、断れなくて流されてしまう繰り返し。

　空逢くんは、これでもかってくらいわたしを大切にしてくれて、なんでもしてくれる。

「ほら、こっちおいで。髪も結ってあげる」

　腰のあたりまで伸ばした髪をブラシでとかして、ハーフアップでリボンを編み込んでくれた。

「こんなに何もかも空逢くんにやってもらって、申し訳ないよ……」

「そんなこと気にしなくていいよ。今日も恋音の可愛さは世界一だね」

　ふたりで寮を出て、学園まで向かう。

　学園の門をくぐると、生徒たちの……とくに女の子たち

の黄色い声が飛び交ってる。

　女の子たちの視線は、空逢くんに釘付け。

　みんな目を輝かせて、「今日も神結先輩かっこいい〜！」とか「わたしも、あんなふうに隣歩きたい！」とか「声かけにいったら挨拶返してくれるかな!?」とか……。

　こんな声が聞こえてくるのは、日常茶飯事。

　肝心の空逢くんは、周りの声も視線もあまり気にしていないのか。

「はぁ……今日も授業やだね。どうせなら、可愛い恋音をずっと眺めてるだけの授業があればいいのに」

「そ、そんな授業あったら……」

　ドキドキしすぎて、わたしの心臓がおかしくなっちゃう……っていうのは、グッと飲み込んだ。

「あったら？　どうなっちゃうの？」

　わたしの反応を愉しむように、顔をひょこっと覗き込んでくる。

　周りの視線が凄まじいことになってるのに、空逢くんは気にする素振りを、まったく見せない。

「ど、どうなっちゃうの……でしょう」

「ははっ。自分でもわからないんだ？」

「わ、わかんないです」

「そんなところも可愛いね」

　にこっと笑って、みんなが見てるのにお構いなしで。

　わたしの手の甲に、軽くチュッとキスをしてきた。

　周りにいる女の子たちからは「キャー!!　何あれ!!」っ

て、悲鳴のような声が聞こえてた。

「恋音、おはよ」
「あっ、碧架ちゃん、おはよう」
　教室に着くと、わたしの前の席に座ってる友達の観月碧架ちゃんが声をかけてくれた。
「なんか外で騒ぎ起きてたけど、あのバカ王子が何かしたの？　まあ、相変わらず恋音にベッタリで、よくも毎日飽きないことだわ」
　碧架ちゃんは、このとおりものすごくサバサバしてるし、言いたいこともはっきり言う、わたしとは真反対の性格。
　そして、とっても美人さん。
　透明感のある肌に、それを引き立たせるような艶のある真っ黒の髪。
　スタイルもすごくいいから。女の子なのに身長が170センチもあって、脚も細くて長くてモデルさんのような体型。
　ちなみに、碧架ちゃんもわたしと同じで人間。
「観月さん、何かな聞こえてるよ」
「あらま、地獄耳ね」
　女の子たちみんなが、空逢くんのことかっこいいって騒いでも、碧架ちゃんは全然興味なし。
「なんでこんな腹黒王子がいいのか、わたしには永遠に理解できないわ」
「僕そんなに腹黒いかな？」

「恋音が関わってると、腹黒さ全開でしょうが」

「ははっ。そこは否定できないかな」

「アンタにだけは、血をあげたいとは思わないわ」

「奇遇だね。僕も恋音以外の子の血なんて、死んでも欲しくないよ」

　このとおり、ふたりともバチバチ。

「恋音が可愛いのはわかるけど。アンタの場合は、度が過ぎるところあるでしょ」

「そうかな。僕と恋音だけの、ふたりっきりの世界があればいいのにって、いつも思ってるよ」

「はぁ……。笑顔で平然とそんなこと言うのが怖いのよ」

　こんな感じで、いつも空逢くんと言い合いをしてる。

「いい、恋音？　コイツに変なことされそうになったら、すぐにわたしに言うのよ？」

「観月さんひどいなあ。僕がそんなワルイコトするように見える？」

　うんうん、空逢くんは優しいし、碧架ちゃんが心配するようなことないような気がするよ？

「アンタは軽く犯罪者みたいなとこあるでしょ」

「そこはノーコメントかな」

　休み時間。

　空逢くんは職員室に呼び出されて、碧架ちゃんもどこかにいっちゃったので、ひとりでポツンと席に座ってる。

　とりあえず、次の授業の準備でもしようかなぁ。

「おい、見ろよ。漆葉さんひとりでいるじゃん！」

「喋りかけるチャンスじゃね!?」

　周りにいる男の子たちが、何やらひそひそわたしのほうを見て話してる。

　うぅ……わたし何か変なところあるかな。

　気になって、男の子たちのほうを見たら。

「……うわ、なんだよ、あの可愛さ。やっぱ話しかけるなら今しかねーよな、会長もそばにいねーし」

「だよな、よっしゃいくか！」

　男の子ふたりが、こっちに近づいてくるのが見えて。

　何かわたしに用事があるのかなっと思っていたら。

「おはよー、恋音ちゃん」

　別の男の子が声をかけてきた。

「あっ、透羽くん。おはよう」

　椋代透羽くん。

　空逢くんが唯一、仲良くしてると言ってもいいくらいの男の子。

　透羽くんも、空逢くんと同じで吸血鬼。

　黒に近い茶色の髪は軽くセットされていて、男の子なのに顔がものすごく小さい。

　モデル並みにスタイルはいいし、にこっと笑ってる顔がすごく爽やか。

「うわ……まじか。先越されたな」

「せっかく、漆葉さんに話しかけるチャンスだったのにな。仕方ねー、諦めるか」

　さっき、こっちを見ていた男の子たちは、結局どこかへ
いってしまった。
「いやー、恋音ちゃん聞いてよ。朝から可愛い女の子に声
かけられちゃってさ。相手してたら、ホームルーム間に合
わなかったよー」
「透羽くんは、ほんとにたくさんの女の子にモテるからす
ごいね」
　いつも、いろんな女の子に声をかけられて、断ったりし
ないみたいだから、モテすぎて大変そう。
「恋音ちゃんが空逢と契約してなかったら、俺が契約して
もらってたのにさ？」
　これは、透羽くんの挨拶文句みたいなもの。
　女の子みんなに、こんなこと言ってる。
　ちなみに、透羽くんは誰とも契約してないタイプの吸血
鬼だから。
　契約をしていない限り人間だったら誰の血でも、もらう
ことができる。
　もちろん、わたしみたいな吸血鬼と契約してる人間の血
はダメだけど。
「今からでも、空逢なんかやめて俺と契約しない？」
「あはは。そんなことしたら、空逢くんに怒られちゃうよ」
「俺もさー、本気で契約したいと思える子がいたらいいん
だけどねー。なにせ、今こうして遊んでるほうがたのしー
からさ」
　透羽くんは、来るもの拒まず去る者追わず。

　ちょっと女遊びが激しいんだとか。

「だから、恋音ちゃんもよかったら俺と遊んで——」

「そこの遊び人。誰の許可もらって、恋音のこと誘惑してるのかな？」

　あっ、この声は。

　パッと顔をあげると、空逢くんが戻ってきていた。

　相変わらずにこにこ笑ってるけど、透羽くんのネクタイを思いっきり引っ張ってる。

　あれ、そんなにしたら苦しいんじゃ。

「まてまて、苦しいって。俺そんなプレイは好きじゃないんだけどな？」

「あれ、僕の恋音に気安く話しかけてるんだから、絞め殺されたいのかと思ったよ」

「おいおい、頼むから笑顔でそんな恐ろしいこと言うのやめてくれよ。俺たちの仲じゃん」

「僕の恋音を口説くなんて、いい度胸してるよね。地の底に埋められたいのかな？」

「だから、黒いオーラで怖いこと言うなって！」

　いつもこんなだけど、なんだかんだ仲いいんだよね。

「恋音も、こんな頭おかしい女たらし相手にしちゃダメだからね」

「頭おかしいは、お前も一緒だろ」

「少なくとも、透羽とは部類が違うから」

「そこは認めるんだな」

　放課後。

　今日は生徒会で集まる日じゃないけど、空逢くんは仕事があるからって生徒会室へ。

　最近、新入生が入ってきたから、生徒会長である空逢くんは大忙し。

　入学式での在校生代表の挨拶や、この学園で特別に決められた特待生制度の説明などなど、他にもたくさん。

　空逢くんは、仕事はきっちりこなしてる。

　だから、生徒会メンバーふたり、在校生、先生たちからの信頼はすごく厚い。

「えっと、わたしも何かお手伝いできることあれば……」

「いいよ。恋音はそこに座って、お菓子でも食べて待ってて」

　わたしも一緒に生徒会室にいるけど、とくに仕事を与えてもらえず。

　何もしないわけにもいかないから、空逢くんが仕事をしてる間、本棚の整理をしたり観葉植物にお水をあげたり。

　真剣にパソコンとにらめっこしてる空逢くんには、話しかけられる空気じゃないので、黙々と自分ができる雑務をやるだけ。

　そして、1時間半くらいが過ぎると。

「はぁ……。パソコンばかり見てると、目が疲れるね」

　どうやら終わったみたいで、身体をグイーッと伸ばしてる。

「お、お疲れさまです」

　すると、何やらこっちにおいでって手招きしてる。

　何か用事かな？

　空逢くんが座ってる椅子のほうに、ゆっくり近づいてみると。

「目が疲れちゃって可愛い恋音の顔が見えないから、もっと僕のそばにきて」

　ちゃんと話が聞ける距離なのに、もっと近づいてってスカートの裾を、ちょこっと引っ張ってくる。

「ぅ……えと、もうかなり近いような……」

「そうかな。僕は、もっと近づいてほしいけど」

　わたしが立ったまま、見下ろしてる。

　空逢くんは椅子に座ってクスクス笑いながら、大きな手でわたしの頬を包み込んで触れてくる。

「……ほんと可愛いね。どうしてそんな真っ赤なの？」

「ぅ……」

　空逢くんに触れられて、見つめられたら自然と体温があがって、赤くなっちゃうのは仕方ない。

「あ、そうだ。疲れたから甘いの欲しいな」

　空逢くんが、甘いものを欲しがるなんて珍しい。

　いつもコーヒーはブラックだし、あまり甘いのが得意じゃないはず。

　でも、頭を使って疲れたときは、糖分が必須だろうし。

「えっと、じゃあコーヒーじゃなくて、ココア淹れて……」

「ううん。甘いのこっち」

　細くて綺麗な指先で、わたしの唇をふにふに。

「わ、わたしは甘くないよ？」

「甘いよ、とびきり」

　カチッと、空逢くんの危険なスイッチが入った音がした。

「寮に帰るまで我慢できないね」

「で、でも誰か入ってきたら……っ」

「大丈夫だよ、鍵かけたし。それに、榧も璃来も今日は来ないでしょ」

　わたしが抵抗しても、きっと最後は空逢くんの思い通りになってる。

「ほら、恋音が僕の上に乗って」

「ひぇ……っ」

　空逢くんの座ってる椅子の上に乗っちゃう、かなりお行儀の悪い体勢になってる。

「これいいね。恋音に見下ろされるの」

　全然よくないよ。

　こんな至近距離で見つめられたら、心臓がドキドキバクバク忙しくなる。

　身体がくっついてるから、それが空逢くんにバレちゃう。

　ふたりっきりの生徒会室で、イケナイコトしてる。

「甘い恋音で僕のこと満たして」

「ん……っ」

　さらっと塞がれた唇。

　触れただけ……なのに、全身がピリッとして胸がキュウッと縮まる。

　キスは、はじめて……じゃない。

　空逢くんがしたいって──迫ってきたら断れない。

　付き合ってもないのに、キスを許しちゃうのはダメだって、わかってるのに。

「はぁ……っ、そあ……くん……っ」

「たまんないね……。恋音の唇、甘くて溺れそう」

「んぅ……」

　空逢くんは、ぜったいに強引なキスはしない。

　ゆっくり、じっくり唇を動かして。

　たまに、やわく唇を噛んできたり。

「もっと……恋音の甘い声聞かせて」

「ひゃ……ぁ……」

　キスしながら、首筋のあたりを指先でツーッとなぞってくる。

「……ちゃんと息しないと」

「ぅ……でき、ないよっ……」

「まだやめないからね」

「っ……」

　ふたりっきりのとき、とびきり甘い熱に流されてばかり。

空逢くんの甘さにはかなわない。

　慌ただしく４月が過ぎていき、５月に入った。

　今日は放課後、家のほうに帰ることになっている。

　寮生活が始まってから、１ヶ月に一度はお母さんとお父さんに会いに帰るようにしてる。

　いちおう、学園の外に出るときは外出届が必要。

　夕方の６時までに、寮に帰ってこれたらいいかな。

　心配性な空逢くんは、わたしが学園の外に出るとき、ぜったいに車を用意してくれて、運転手兼ボディーガードみたいな男の人もつけてくれる。

　そんなに心配しなくて大丈夫だよって言っても「ダメだよ。万が一、恋音に何かあったら、僕の気がおかしくなっちゃうから」って、ものすごい過保護っぷり。

　うちの一家は仕える身だから、護衛してもらうなんておかしいのに。

　久しぶりに家に帰って、最近あったことをお母さんに話していると、時間はあっという間。

　もうそろそろ帰らないと、空逢くんが心配しちゃう。

「それじゃ、空逢くんにもよろしくね」

「うん。また時間あるときに遊びに来るね」

　お父さんは仕事で会えなかったから、またお休みの日にこれたらいいなぁ。

　こうして実家を出て、ボディーガードさんが待っている車のほうへ。

「お待ちしておりました。では、学園のほうまでお送りいたします」

「あっ、じつはこのあと寄りたいところがあって」

「それでは、そちらまで車を回します」

「いえいえ！　ちょっと車が入りづらい道なんです。それに、学園から近いところなので。用事が終わったら、ひとりで帰ります……！」

「ですが……。それでは、わたくしが空逢さまにお叱りを受けてしまいます」

「じゃあ、門のところまで送っていただいたことにしましょう！　わたしのほうから、うまく言っておくので！」

　かなり渋りながらも、了承してくれた。

　こうして、お店の近くまで車で送ってもらった。

「何かありましたら、いつでもご連絡ください。すぐに駆けつけますので」

「いつもすみません……！」

「いえ。それでは、お気をつけて」

　ボディーガードさんと別れて、お店のほうへ。

　しばらくお買い物して、寮に帰ろうかなぁってお店を出ると。

「えぇ……そんなぁ……」

　空の色が、どんより曇っていて、ものすごい大雨が降ってる。

　これじゃ、ぜったいびしょ濡れになっちゃう。

　あいにく傘も持ってないし。

　車で送り迎えしてもらうことになっているから、ボディーガードさんが先に帰ったことが、空逢くんにバレたら怒られちゃう。

　雨が止むまで待とうかと迷ったけど。

　それだと帰る時間が遅くなっちゃう。

「よし……！　急いで帰ろう……！」

　学園まで走ればすぐだから、ダッシュで帰れば大丈夫かも……！と、思ったんだけど。

「うわ……びしょ濡れだぁ……」

　バケツの水をひっくり返したくらいの雨の量で、寮に着いたころには全身びしょ濡れ。

　ブラウスが肌に張り付いて気持ち悪い。

　早く着替えて、シャワーを浴びないと。

　空逢くんにバレないように、そろりと部屋の扉を開ける。

　とりあえず着替えを持って、お風呂へ行かないと。

　暗い部屋で、クローゼットをガサガサあさっていると。

「恋音？」

「うひゃ……っ！」

　パチッと電気がつけられちゃった。

　振り返ると、そこにいるのはもちろん空逢くん。

「どうしたの。そんなに濡れて」

「え、あっ、これは」

　どうしよう、ひとりで帰ってきたのがバレたら大変……！

「車で帰ってきたはずだよね？」

　ギクッ……。

「そんな濡れてるの、おかしいよね？」

　ギクギクッ……。

「まさか、ひとりで帰ってきたなんて言わないよね？」

　ひぃ……。空逢くん笑顔だけど、目の奥が笑ってないよぉ……。

「そ、そのまさか……です」

　なんて言われるか、びくびくしていたら無言で部屋を出ていっちゃった。

　そしたらすぐに戻ってきて、タオルを持ってきてくれた。

　濡れた髪を、優しい手つきで拭いてくれる。

　あれ、もしかして怒ってない？

　「次からは気をつけないとダメだよ」って、優しい空逢くんなら、そう言ってくれる？

　……なんて、これはかなり甘い考えだったみたいで。

「恋音はダメな子だね。危機感がないから」

「ひゃっ……」

　頭にタオルを被せられたまま、突然お姫様抱っこをされてびっくり。そのまま、お風呂のほうへ。

　てっきり、このままシャワー浴びておいでって言われるかと思ったのに。

「……こんな無防備な姿、僕以外の男が見てたらどうするの？」

「きゃ……っ」

　壁際に追い込まれて、両手を壁に押さえつけられた。

　顔をあげたら、空逢くんが眉間（みけん）にしわを寄せて怒ってる。

「なか、透けてるの気づいてる？」

「へ……っ」

「僕の前だけなら、いくらでもその無防備な姿見せてくれていいけど」

　わたしの左胸の少し上に、指先で軽くトンッと触れると。

「今すぐ僕の前で脱いで」

「ふへ……？」

「それか、僕が脱がしてあげよっか？」

　器用に片手でネクタイをゆるめて。

　ブラウスのボタンも、上から容易（たやす）く外して。

「あ……や……っ。見ないで……」

　胸元を隠（かく）すものがなくて、ブラウスからわずかに中が見えちゃいそう……っ。

「もしこれが他の男だったら、どうするの？」

「や、やだ……」

「恋音の力じゃかなわなくて、簡単に襲われるんだよ」

　チュッと軽く触れるだけのキスを落として。

「もっと危機感持たないとダメって、教えてるでしょ」

「ご、ごめんなさい……」

「恋音に何かあったら、僕ほんとにおかしくなるよ」

　さっきよりも、少しだけ深いキス。

「恋音が可愛すぎて、心配が絶えないな」

　今度は、優しく包み込むように抱きしめられて。

　雨のせいで身体が冷え切っているから、抱きしめてもらうとすごく温かい。

「僕を心配させた罰として、一緒にお風呂入ろっか」

　えっ!?　今の発言かなり問題ありなんじゃ!?

　一緒にごはん食べよっかみたいなノリで言われたような気がする……！

「じゃあ、ブラウス脱いで」

「え……っ、あ、え……っ？」

「早くしないと、風邪ひいちゃうでしょ？」

　ブラウスを脱がされて、キャミソールだけ。

　おまけに、スカートのホックまで外そうとしてるから、さすがにそれはまずい……！

「そ、空逢くん……！　まって……！」

「どうしたの？　ここからは自分で脱ぐ？」

「脱ぐ……けど！　空逢くんと一緒にお風呂なんて無理……です」

　いくらなんでも、急に難易度あがりすぎて、ついていけない……！

「僕は一緒に入りたいけどね」

「あわわっ、空逢くんは脱がないで……！」

　クスクス笑いながら、空逢くんがTシャツに手をかけて脱ごうとしてるから全力で止める。

「恋音だけ脱ぐの？」

「ち、ちがぁう……」

　どうして一緒に入るっていうのを撤回してくれない

の……！

「ふっ……。ほんと恋音は、いちいち可愛い反応するから、たくさんいじめたくなっちゃうね」

「い、いじめないで……！」

「仕方ないから、今日はこれで許してあげる。次もし同じことしたら、わかってるよね？」

「き、気をつけます」

「そうだね。それじゃ、早く身体温めておいで」

　最後に、わたしの頭をポンポンと撫でて、空逢くんは部屋へ戻っていった。

　わたしの心臓、いつかバンって爆発しちゃいそう。

　ドキドキして心臓もたない。

　冷えた身体を温めるために、長めにお風呂に浸かる。

　外では、まだ雨がひどいのか、雷もゴロゴロ鳴っている。

　帰ってきたときよりも、もっと天気が荒れている。

　すると、突然今日いちばんの大きな雷の音が響き渡って。

「うわ……っ！」

　目の前が真っ暗になって、明かりが落ちた。

　え、うそ。停電……!?

　まだ湯船に浸かってるのに！

　いきなり真っ暗になって、身動きがまったく取れない。

　へたに動いてツルッと滑ったら、元も子もない。

　今は明かりが復旧するまで、おとなしくしてるほうがいいかな。

　湯船でひとり、じっとしていると。

「恋音、大丈夫？」

「えっ、空逢くん？」

　脱衣所のほうから、扉1枚越しに空逢くんの声がする。

「そうだよ。いきなり停電したけど、恋音はケガとかしてない？」

「う、うん。ちょうど湯船に浸かってたから」

　お風呂場の扉のほうを見ると、空逢くんは明かりになりそうな物を持っているわけでもなく。

「そっか。ケガしてないならよかった」

「えっと、空逢くんは、こんなに真っ暗なのに部屋からお風呂場までどうやってきたの？」

「あれ、知らない？　吸血鬼は暗いところでも目が見えるんだよ」

　えっ、そうだっけ。

　だから明かりがなくても、ここまでこられてるんだ。

「恋音がケガしたら危ないと思って」

「あっ、そうだったん——」

　まだ喋ってる途中。

　遮るように、いきなりお風呂場の扉が開かれた。

　もちろん、空逢くんの手によって。

「え……え!?」

　唐突すぎてフリーズ。

「おいで、恋音。僕が部屋まで運んであげる」

「……!?　え、まってまって!!」

　暗くて全然見えないけど、空逢くんが近づいてきてる気配は、ものすごくわかる……！

「どうしたの、そんな慌てて」

「やっ、だって……！」

　わたし今お風呂に入ってるんだよ……!?

　つまり、何も身に着けてないわけで。

「このままだと、のぼせちゃうでしょ」

「そ、それはそうだけど……！」

「だから、僕がお姫様抱っこしてあげる」

「服濡れちゃうよ……っ」

「そんなのどうでもいいよ」

　暗闇の中、抵抗なんてできるわけもなく。

　急に空逢くんの手が身体に触れてきた。

「ひゃっ……やっ、どこ触ってるの……っ」

「んー、暗くてよく見えないね」

　ぜったい嘘だぁ……！

　さっきと言ってることが矛盾してるよぉ……。

「ほら、おとなしく抱っこされないと、いろんなとこ触っちゃうよ？」

「うぅ……」

　暗闇なのをいいことに、とんでもないことを企んでるに違いない……！

　ジタバタ暴れても、パシャパシャ水が跳ねるだけ。

「はい、ちゃんと僕にしがみついてね」

　背中と膝の裏に空逢くんの手が回って、簡単に湯船から

出されてしまった。

　ぬぅ……いま明かりが復旧したらかなりまずいよ……！

　はっ……でも、まって。

　空逢くんって、暗くても見えるんだよね!?

　だとしたら、この状態もかなりまずくないですか……!?

「このままだと風邪ひくから、バスタオル渡すね」

「え、あ、ありが、とう……です」

　バスタオルを渡されて、すぐさま身体に巻き付ける。

　空逢くんに抱っこされたまま部屋のほうへ。

　ただ、暗いのは変わらなくて、何がどこにあるのか全然見えない。

「恋音の着替えは？」

「あっ、脱衣所にぜんぶ置いてきちゃって」

　そっとやわらかい場所におろされた。

　感触的にベッドの上……かな。

「このままじゃ、風邪ひいちゃうね」

　もしかして、空逢くんが取ってきてくれる？

　ちょっと期待していたら、まさかの発言が。

「じゃあ、僕のシャツ貸してあげる」

　えっ、空逢くんの？

　わたしがボケッとしてる間に、シャツを持ってきてくれて、されるがまま腕を通す。

「ボタンは僕がやってあげるね」

　中に何も着てないせいで、シャツがじかに肌に触れて変な感じ。

　それに、空逢くんの指先が胸元のあたりでボタンを留めるのに動いてて、ちょっとくすぐったい。

「早く明かり戻るといいね」

「う、うん」

　シャツが大きいおかげで、太もものあたりまで隠れてワンピースみたい。

「暗いの怖いから、恋音は僕のそばから離れないでね」

「えっ、空逢くん暗くても平気なんじゃ……」

「ううん。恋音に触れてないと平気じゃないよ」

　んんん？　それってどういうこと??

「せっかくだから、僕の好きなようにしようかな」

「きゃ……」

　急に肩を軽くポンッと押されて、その反動で身体が後ろに倒れていく。

　ギシッと軋む音がして、暗くて何も見えないけど気配で真上に空逢くんが覆いかぶさってるのがわかる。

「恋音の甘い匂いのせいで、理性おかしくなりそう」

「ひゃっ……」

「……どうしようかな、このまま食べちゃおうか」

　首筋のあたりに、やわらかい唇が押しつけられて、身体がピリッと痺れる。

「た、食べちゃう……の？」

「僕の我慢が限界にきてるからね。ただ、恋音は好きなだけ甘い声出してくれたら、それでいいよ」

　フッと軽く笑って、太ももの内側を撫でてくる。

「あのっ、そこは触っちゃダメ……です」

「暗くてよく見えないね」

　こ、これさっきも同じこと言ってた……！

　ぜったい見えてるよぉ……。

「や……ぅ、ほんとにダメ……」

「何がダメなの？」

　触れちゃいけないとこ。

　焦らすように指先を動かして、強くしたり弱くしたり。

「や……だ……っ」

「そんな可愛い声で嫌がっても逆効果なのにね」

　その瞬間、パッと部屋の明かりがついた。

　えっ、あっ、うそ。

　このタイミングでついちゃうなんて。

　真っ先に視界に飛び込んできたのは、イジワルそうに笑ってわたしを見下ろす空逢くん。

　そして、自分の身体に目線を向けると、大きな真っ白の薄手のシャツが映る。

「白いシャツの破壊力ってすごいね」

「え？」

「想像の何倍もエロくて困っちゃうね」

「へ……っ」

　笑顔でさらっと、とんでもないこと言ってる……！

「僕のシャツ着てさ……。なか、何もつけてないなんて興奮しちゃうね」

　ダメダメ、とっても危険。

　このままだと、ほんとに食べられちゃう……っ。

「理性なんて、あてにならないよ」

「う……えと、ちょっとまって……？」

「どうして？」

「ちゃんと着替えたい……です」

「僕のシャツ着てるからいいでしょ？」

「よ、よくない……よ！　その、なか……何も……」

「つけてないもんね」

「うっ……そんなはっきり言わないで……！」

　こんなの恥ずかしくて耐えられないから、早く解放してほしいのに。

「そんなに着替えたいなら、脱がしてあげよっか」

　せっかく閉じたボタンに、指をかけようとしてる。

「は、外しちゃダメ……っ」

「どうして？」

　何が悪いのかわかんないよって、にこにこ笑いながら上のボタンをひとつ外した。

「あっ、や……っ。それ以上は、ほんとにダメ」

　ストップをかけるけど、全然止まってくれない。

　むしろ、もっとしたいって顔してる。

「じゃあ……キスしよっか」

「ふぇ……んんっ」

　顎を軽くつかまれて、さらっと奪われた唇。

　全然抵抗できないまま。

「はぁ……たまんないね。もっとしよ」

「んぅ……っ」

　空逢くんは、たまにこうやって止まらなくなって、暴走しちゃうときがある。

　自分のしたいままに……ぜんぶしようとしてくるから。

「あーあ……。こんなエロい格好(かっこう)で、そんな甘い声出して」

「……っ？」

「襲ってくださいって、言ってるようなものだよね」

　何度も唇に吸い付くようなキスをして。

　少し息が苦しくなると、わずかに唇を離してくれるけど、すぐにまた引っ付いて。

「あー……ぜんぶ僕のにしたい」

「ん……んぁ……」

「そんな可愛い声出されたら、理性死んじゃうね」

　ずっと求めるみたいに、何度も音を立ててキスをして。

　強引じゃないのに、じわじわと攻めてくるみたいな。

「ほんとはさ、首筋だけじゃなくて。ここと……あと、ここにも痕残したいね」

　キスしながら器用(きよう)に、胸と太ももに指で軽く触れて。

「僕にしか見えないとこに、たくさんつけたいよ」

「ぅ……ダメ……」

　そんなことされたら、恥ずかしくて耐えられない……っ。

　でも、空逢くんなら本気でやりかねない……かも。

「……ダメじゃないでしょ。いつか、ぜったい残すから覚悟してね」

　不敵(ふてき)な笑みを浮かべた空逢くんには、いつもかなわない。

第2章

過保護なのに甘くない。

　雨の日に、ずぶ濡れになって帰ってから３日ほど。

　今日は珍しく、わたしのほうが空逢くんより先に目が覚めた。

　……と言っても、時計を確認したらまだ朝の５時。

　いつもなら、こんなに早く目は覚めないんだけど。

「う……っ、ごほ……っ」

　喉がすごく痛くて、関節にも痛みがある。

　全身が異常なくらい重く感じて、寝てるのもつらくて起きてしまった。

　昨日の夜から、ちょっと体調が悪くて早めに寝たんだけど、悪化したのかな……。

　それに、ちょっと熱っぽいような気もする。

「はぁ……う……」

　身体は熱いはずなのに、なんでか寒気がすごい。

　まだ寝てる空逢くんの手をギュッと握ると。

「……恋音？」

　起こしちゃったけど、空逢くんの声を聞いて、すごく安心してる。

「どうしたの、こんな朝早くに」

「ぅ……あつくて、さむい……」

　空逢くんにギュウッて抱きつくけど、寒いせいか身体がすごく震えちゃう。

　なのに、熱く感じる変な感覚。
「ちょっと待ってて。すぐに体温計と毛布もってくるから」
　空逢くんが血相を変えて、ベッドから飛び出て必要なものを持って戻ってきた。
「とりあえず熱を測って、これで暖かくして。あと、水分も大切だからこれも飲んで」
　手渡された体温計を脇に挟んで、身体は毛布にくるまれて、渇いていた喉にひんやり冷たいスポーツドリンクを流し込む。
　体温計がピピッと音を鳴らして、確認したら熱が39度を超えていた。
「はぁ……、ごめんね。恋音の体調が悪いの、僕が最初に気づかないといけなかったのに」
「そあくんは、わるくない……よ」
「喋るのもつらいよね。無理して話さなくていいよ」
　この前、雨に打たれたせいで風邪ひいちゃったんだ。
　これじゃ、空逢くんに迷惑かけちゃう……。
「とりあえず、今はゆっくり寝てて。始業時間になったら、すぐに養護教諭の高嶺先生を呼んで診てもらおうね」
「う……ん」
　ほんとは、空逢くんに移さないように離れないといけないのに。
「何かしてほしいことある？」
「もっと……ギュッてして……ほしい」
　小さいときから、風邪をひく度に空逢くんがそばにいて

くれた。

　だから、近くに空逢くんの体温を感じていないと、心が寂（さび）しくなっちゃう。

「いいよ。恋音がしてほしいこと、なんでも聞くから」

　苦しくないように、優しく抱きしめてくれる。

　さっきまで身体が痛くて眠れそうになかったけど、また深い眠りに誘（さそ）われて。

　一度、プツリと意識が途切（とぎ）れた。

　あれから３時間ほどが過ぎて、高嶺先生が部屋に来た。

「これは風邪ね。熱が下がるまでは、しばらく安静（あんせい）にしていないとダメね」

　結構ぐっすり眠ったけど薬を飲んでいないから、状態はあんまり変わってない。

「先生、すぐに恋音にあった薬を出してください。こんなつらそうにしてるの見てられません」

　ベッドに横たわるわたしのそばで、ずっと手を握って心配そうにしてる空逢くん。

「くすり……は、ダメ……っ」

　ほんとなら、すぐに薬を飲んだほうがいいかもしれない。

　でも、わたしは飲んじゃダメ。

「どうして？　薬を飲まないと恋音が、ずっとつらいままになるんだよ。僕はそんなの耐えられないよ」

「だって……、くすり……飲んじゃったら、そあくんに血あげられなくなっちゃう……」

　吸血鬼と契約してる人間は、あまり薬の服用をできない。

　薬にはいろんな成分が含まれていて、それを身体に取り込むと血に混ざって、吸血したときに吸血鬼の身体に影響が出てしまう可能性があるから。

　もし、どうしても薬を飲むしかない場合、1週間以上は吸血行為をしちゃいけないって決まりがある。

「僕のことなんてどうでもいいよ。それより、今は恋音の体調が優先でしょ」

「でも……っ」

「漆葉さん。神結くんの言うとおり、今はあなたの体調をいちばんに考えたほうがいいわ。熱もかなり高いし、身体もすごくつらいでしょう？　それに、血をあげられないことは心配しなくて大丈夫よ。そのためにタブレットや、万が一のときに備えて、輸血用の血もあるわけだし」

　こうやって契約してる人間側が、血をあげられなくなった場合。

　そういうときのために、血の成分で作られたタブレットがある。

　小さな四角い透明のケースに、錠剤のようなものがいくつか入っていて、これは非常用。

　いつ何が起こるかわからないから、吸血鬼はもちろん、契約してる人間側も必ず持ち歩くようにしているもの。

　これを飲むと吸血したときと同じ状態になるらしくて万が一、契約してる人間が血を与えられない場合の、吸血鬼にとってのライフラインになる大切なものだ。

　ただし、吸血鬼側が大きなケガをして出血が多量の場合は、これだけじゃ対応できないから、すぐに輸血してもらわないといけない。

　タブレットや輸血用の血に関しては、特殊な作り方をしていろんなものが配合（はいごう）されているので、身体に取り込んでも問題ないみたいだけど。

「く、くすりだけは飲まない……です」

　前にわたしが、一度だけ薬を服用したとき。

　空逢くんには、タブレットで数日我慢してもらったんだけど。

　本来なら、吸血したときと同じくらいの効果があるはずなのに、空逢くんにはあまり効果がなくて。

　そのとき、空逢くんが『恋音の血が甘すぎて、タブレットじゃ全然満足できない』って言っていた。

「どうしようかしら。本人がここまで拒否しているから、無理やり飲ませるわけにはいかないし」

　反抗（はんこう）するように、先生と空逢くんのほうにプイッと背中を向けて、飲みませんアピール。

「恋音がここまで嫌がるなら仕方ないです。僕がずっとそばで付き添って（そ）看病（かんびょう）します」

「そう、わかったわ。それじゃ、漆葉さんのことよろしくね。何かあればすぐに呼んでちょうだい。駆けつけるから」

　こうして、なんとか薬を飲まなくてすみそう。

　そして、空逢くんはわたしと同じように授業を欠席することになった。

「何か欲しいものあったら言うんだよ？　もちろん、して
ほしいこともなんでも言って」

「うん……ごめんね。空逢くんに迷惑かけちゃって……」

「謝ることないよ。ゆっくり休んで、しっかり治そうね」

　それから1時間くらい、空逢くんはずっとわたしの手を
握ってそばにいてくれて。

　でも、体調は悪化する一方で。

「はぁ……っ、ごほ……っ」

　熱が今いちばんピークにあがってるのか、身体がものす
ごくつらい。

　寝たいのに身体が痛くて、全身がだるくて眠れない。

「つらいね。僕が代わってあげられたらいいのに」

　これでもかってくらい、優しい手つきで身体をさすって
くれる。

「とりあえず、今はしっかり寝ようね。僕がずっとそばに
いるから」

　その言葉に安心して目をつぶると、ゆっくり眠りに落ち
ていった。

　お昼までグッと深い眠りについて、目を覚ますと時計の
針は午後1時過ぎをさしていた。

　横に目を向けると、朝と同じように空逢くんがそばにい
てくれてる。

「起きた？　よく眠ってたね。身体の具合はどう？」

「ん……。今朝よりは少しラク……になった、かな」

「そっか。朝から何も食べてないから、とりあえず何か口にしたほうがいいね。何か食べたいものある？」

　お昼を過ぎてるのに、食欲が全然湧かない。

「あんまり……ない」

「ほんとは無理して食べさせたくないけど。恋音の体調が早く回復するのが最優先だから、何か用意させるね」

　空逢くんが誰かに連絡を取って、しばらくして部屋にいろんなものが運ばれてきた。

「とりあえず、おかゆを用意してもらったから。他にも食べられそうであれば、フルーツとかヨーグルトとかアイスもあるから」

「あ、ありがとう……っ」

　せっかく、いろいろ用意してもらったので食べなきゃ。

　ゆっくりベッドから身体を起こす。

「おかゆは食べられそう？」

「うん……。少しでも食べるね」

　おわんとレンゲをもらって、ちょっとずつ食べ進めることに。

　でも、おかゆが出来立てだったのか結構熱くて。

「ふぅ……ふぅ……」

　冷ましながら、食べようとしていたら。

「あぁ、恋音はほんと何をしても可愛いね」

　えっ、今のどこに可愛い要素があったのかな。

「ふぅふぅしてる恋音が可愛すぎて、僕がおかゆになりたいくらいだよ」

「……え？」

　あれ、熱でわたしの頭が、ボーッとしちゃってるのか。

　それとも、空逢くんがおかしなこと言ってるのか。

「今の可愛かったから、写真に収めておけばよかったなあ」

「……？」

「いや、ごめんね。恋音が風邪ひいて苦しいときに不謹慎だったね」

　ごはんを食べたら、心なしか少し元気になったような気がする。

　もう一度、熱を測ってみると。

「38度か……。今朝よりは下がったけど、まだ高いね」

　何もする気になれなくて、ただベッドに横たわるだけ。

「はぁ……。恋音がずっと苦しそうにしてるの見てられないよ。もう僕に移すしかないよね」

「ダメ……だよ」

　それに、今こうして看病してくれてるときに、風邪が移っちゃわないか、すごく心配。

「空逢くんが風邪ひいたら心配しちゃう……っ」

「恋音に心配してもらえるなら本望だよ」

　にこっと笑って、顔をゆっくり近づけてくる。

　唇が触れそうになる瞬間。

「キスはダメ……っ」

　布団で唇を隠してブロック。

「どうして？」

「だ、だからっ、風邪が移っちゃう……」

「うん。キスで僕に移せばいいでしょ？」

　ど、どうしてそうなるの……！

「ダメ……っ。風邪が完治するまでは、空逢くんとキスしない……っ」

　心配してくれてるのはわかるけど、空逢くんのことを思って言ってるから、わかってほしい。

　プイッと空逢くんがいるほうに背中を向けた。

　ちょっと冷たくしすぎたかな……。

　でも、これくらい言わないと、空逢くん本気でしてきちゃいそうだし。

　しばらくシーンとして。

　諦めてくれたのかと思いきや。

「じゃあ……恋音の風邪が治ればいいんだ？」

　ベッドが音を立てて、深く沈んだ。

「え……っ、なんで覆いかぶさってくるの？」

「なんでだと思う？」

　さっきまで優しさ全開だったのに、危険なスイッチが入っちゃったの……!?

「これ以上恋音の風邪が悪化するとよくないから。僕が治してあげる」

　舌をペロッと出して、少し鋭い八重歯で嚙んでる。

　ええ……、何してるの……？

　目の前の光景にびっくり。

　……してる間に、空逢くんの舌から血が出て痛そう。

　いきなりのことに、理解が追いつかないまま。

「そあく……んんっ……」

　唇を隠していた布団をあっさり取られて、やわらかい感触が押しつけられる。

　いつもなら、最初は軽く触れる優しいキスなのに。

「……口あけよっか」

　ちょっと強引に口をこじあけられて、生温かい舌がスルッと入り込んでくる。

「っ……ぅ、ぁ……」

　熱があるせいで、判断力がすごく鈍っていて、されるがまま。

「……そう、上手。そのままにしてるんだよ」

　口の中にある熱と、ほんの少し感じる血の味。

　じわじわと血の味が広がって、どうしたらいいかわかんない。

　口をキュッと閉じようとすれば。

「ダーメ。もう少し我慢して」

　さらに深く舌をいれて、びっくりした反動でわずかに血をゴクッと飲んでしまった。

　え、あっ……どうしよう。

　空逢くんは吸血鬼だから、人間の血を飲むのは普通のことだけど。

　人間のわたしが、まさか血を飲んじゃうなんて。

　それに、飲み込んだ瞬間、今までに感じたことがないくらい、心臓が大きくドクッと跳ねた。

「……ん、ちゃんと飲めたね」

　何やら満足そうに笑ってる。

「これで少しは身体がラクになると思うから」

　その言葉どおり、さっきまで身体がだるくて痛かったのに、徐々に和らいでいくような。

「なにか、したの……？」

「僕が恋音にだけ使える魔法をかけただけ」

「ま、ほう……？」

　よくわかんなくて、頭の上にたくさんのはてなマーク。

「また時間が経てば効果が出てくるから。とりあえず、今はゆっくり眠って」

　覆いかぶさるのをやめて、ベッドの横へ。

　まぶたが空逢くんの大きな手で覆われて、目をつぶると深い眠りに誘われる。

　さっきまで、そんなに眠くなかったのに。

「おやすみ、恋音」

　その声が聞こえて、安心して眠りに落ちた。

　次に目を覚ましたときは、もう夕方になっていた。

　今日１日中、空逢くんは片時もわたしのそばから離れないでいてくれた。

「起きたね。身体の調子はどう？」

「すごく良くなった気がする」

　起きてから、びっくりしたこと。

　ただ寝ていただけなのに、体調が嘘みたいに回復してる。

　熱も測ってみたら、今朝とは打って変わって微熱くらい。

　薬も飲んでいないのに、こんなに良くなるなんて。

「それならよかった。僕の魔法がきいたみたいだね」

「治ったの、空逢くんのおかげ?」

「そうかもね。まあ、正確に言うと恋音が僕の血を飲んだからかな」

　なんでも、契約してる人間と吸血鬼にしかできない特別なことがあるみたいで。

　人間側が契約してる相手の吸血鬼の血を飲むと、身体に様々な変化が起こるんだとか。

　たとえば、こうやって人間が風邪をひいて相手の吸血鬼の血をもらうと、数時間眠ったらだいぶ回復するって。

　もちろん、効果は人それぞれなので、必ずしも完全に治るとかではないみたい。

　まだまだ知らないことが、たくさんあるんだなぁ。

　……と、感心できたのは、ここまで。

「えと、今日ずっと看病してくれてありがとう。空逢くんのおかげで、すごく良くなったよ」

「どういたしまして。でも、お礼はいいよ。今から恋音の身体でもらうから」

　え? 今なんて??

　あれ、わたし寝ぼけて変なふうに聞き取った?

「あ、そうだ。どうせなら身体拭いてあげよっか?」

「え……えっ!?」

「寝てる間に汗かいたでしょ。ついでに着替えないとね」

「ちょ、ちょっとまって……! じ、自分で拭けるし、着

替えも大丈夫だよ……！」

　にこにこ笑顔で、部屋着のボタンに指をかけて外そうとしてるから全力で拒否すると。

「いいよ、遠慮しなくて」

「し、してない……よ！」

　恥ずかしくて無理だから、断ってるのに！

「恋音は抵抗しちゃダメ。僕にされるがままになって」

　やだって抵抗しようとしても、不思議と全然できない。

　というか身体が固まって、動けないのはどうして？

「そう、いい子。ちゃんと僕の言うこと聞かないとね」

「う……っ、なんか身体がおかしい……」

「何もおかしくないよ。ただ僕の血を飲んで、ある効果が続いてるだけだよ」

　ある効果？　体調が良くなる以外に何かあるの？

「じつは、もうひとつ効果があってね。僕の血を飲んだ恋音は、しばらく僕の言うことはぜったい聞くようになってるんだよ」

　え、えっ、どういうこと？

「まあ、言い方を変えると、効果がきれるまで僕の言うことには絶対服従みたいなね？」

「ぜ、ぜったい、ふくじゅう……」

「試しにやってみる？」

　うわぁ……空逢くん満面の笑み。

　これは、かなり危険なときの顔だ。

「じゃあ、恋音が僕に抱きついてきて」

「へ……っ」

　恥ずかしくて、できないって拒否しようとしたのに。

　身体が勝手に動いて、ゆっくりベッドから起きあがって。

「うれしいなあ。恋音からきてくれるなんて」

「こ、これは身体が勝手に……！」

　空逢くんの首筋に腕を回して、自分からギュッと抱きついてる。

「あとは……そうだね。僕に身体拭いてくださいって、可愛くお願いして」

　そ、そんなのぜったい言えない……！

　……はずなのに。

「そあくんに、身体拭いてもらいたい、です……っ」

　うわぁぁぁ、どうしてそんなこと言っちゃうの……!?

「そっか。恋音からのお願いなら、聞いてあげるしかないね？」

「ちがうのにぃ……」

　頭では恥ずかしくて死んじゃう、無理って思ってるのに、身体がぜんぶ空逢くんの言いなり。

　ベッドの上で、部屋着を上だけスルリと脱がされて。

　空逢くんに後ろから抱きしめられちゃってる状態。

「それじゃ、まずは背中から拭こっか」

「うひゃ……っ」

　冷たいタオルが、肌に直接触れてびっくり。

　両腕を胸の前でクロスして、肩に力が入ったまま背中も小さく丸まっちゃう。

「もっとリラックスしていいのに」

「む、無理だよぉ……」

　ただでさえ、服を着てなくて恥ずかしいのに。

　それに、今は空逢くんの言うことには逆らえないから。

　ここは、おとなしくしていたほうが身のため……のはず
なんだけど。

「これ、邪魔だから取っていい？」

「え、え……!?」

　出ました、空逢くんのとんでもない発言。

「これじゃ、身体ちゃんと拭けないなあ」

「う……っ、ダメ、ぜったいダメ……！」

　背中の真ん中のところ。

　指で挟んで、そのままホックを外しちゃいそう。

「だって、こんな無防備な後ろ姿見せられたら、いろいろ
変な気も起こるよね」

「っ……!?」

「いいよね、僕の好きにして」

　後ろから、わざと耳元でささやくように、愉しそうな声
が届く。

「無抵抗な恋音も可愛いね」

　器用な指先が、うまいこと動いて、一瞬(いっしゅん)でふわっと胸の
締め付けがゆるんだ。

「や……っ」

　反射的(はんしゃてき)に、さらに肩に力が入って丸まっちゃう。

　もう、これ以上はぜったいダメなのに。

「どうせなら、これぜんぶ取っちゃう?」

　肩にあるひもを軽く引っ張って、そのまま取ろうとしてくるから、全力で阻止したいのに。

「やぁ……、ぜったいダメ……っ」

「さっきからダメばっかりだね」

　だって、だって、空逢くんが変なこと言うから!

　そして、さらなる爆弾発言。

「ダメって言われると、余計にやりたくなるのに」

「え、え!?」

「だから、恋音はおとなしくしててね」

　とっても大ピンチ……!

　また空逢くんの言うこと聞いちゃうって、ダメもとで身体を動かすと。

「っと。あれ、逃げられちゃうんだ」

　あれれ、抵抗できた。

　ということは、やっと効果がきれた?

　すぐさま近くにあったクッションを抱えて、スパッと空逢くんから距離を取った。

「残念。あとちょっとだったのにね」

「あ、あとは自分で拭くので……!　空逢くんは部屋から出ていって……!」

「冷たいなあ。まあ、今日はここまでにしてあげる」

　あ、危ないところだった。

　あのまま効果がきれていなかったら、とんでもないことになっていたに違いない。

「僕が風邪ひいたときには、恋音にとびきり甘やかしてもらおうかな」

　空逢くんが風邪をひいたら、いろんな意味で大変なことになっちゃいそう。

嫉妬とお仕置き。

　無事に風邪が完治して数日。

　心配性な空逢くんの過保護っぷりは、さらにひどくなり。

　毎朝、目が覚めると、なんでか空逢くんの手が身体に触れてる。

「ぅ……そあくん……。まだ起きたばっかりなのにっ……」

「肌に直接触れないと、熱あるかわかんないでしょ？」

　いちおう、空逢くんいわく……熱がまた出てないか確認してるだけって言うけど。

　それなら、おでことかに触れたらいいのに。

「だ、だからって、そんなところ触らなくても……っ」

「そんなところって？」

「ひゃぁ……」

「ここがいいんだ？」

　服の中に手を滑り込ませて、肌を撫でて焦らすような手つきで触れてくる。

「ぅ……、もう熱ないよ……っ」

「そうかな？　ちょっと熱っぽいような気もするけど」

　それは、たぶん空逢くんに触れられてる……せい。

　なんて、ぜったいに言えない。

「もしかして、こうやって触れられて、身体が熱くなっちゃった？」

「へ……!?」

　あぁ、やってしまった……。

　図星（ずぼし）をつかれて、リアクションで肯定（こうてい）しちゃった。

「恋音はほんとに嘘がつけないね。じゃあ、僕が責任（せきにん）取って、たっぷり可愛（かわい）がってあげるね」

　寝起きから、空逢くんの暴走が止まらないまま。

　寮を出る前も、空逢くんのイジワルが発動。

　早く着替えないといけないのに、空逢くんはずっと部屋着のまま。

　相変わらず、わたしが制服に着替えるのを手伝おうとしたり、髪を結ってくれるけど。

「えっと、もうそろそろ準備しないと遅刻（ちこく）しちゃうよ？」

「そうだね。遅刻したら大変だ」

　空逢くんは、よく表情と言ってることが合ってないのが多い気がする。

　今だって、焦（あせ）っている様子はなくて、なぜかとっても余裕そう。

「遅刻したら大変だよ？」

「うん、わかってるよ？」

　それなら、なぜソファに座ってそんなゆっくりしてるのですか……！

「じゃ、じゃあ、早く制服に着替えないと！」

　この言葉を発（はっ）した途端（とたん）。

　まるで、言われるのを待っていたかのような顔をして。

「それじゃ、今日は恋音が制服着せてくれる？」

「へ……っ？」

　──そして、拒否できないまま。

「恋音ちゃん？　早くしないと遅刻しちゃうんじゃない
の？」

「うぅ……」

　クスクス愉しそうに笑って、"恋音ちゃん"なんて、わ
ざとらしい呼び方をして。

「やっぱり恋音は脱がされる専門かな」

「い、意味わかんないよ……！」

「僕は脱がすほうが好きかな」

「き、聞いてない……です！」

　指先が、ぷるぷる震えてブラウスのボタンが全然止まら
ないよぉ……。

「さっきから指が全然動いてないね」

「が、がんばってるの……！」

　ブラウスの隙間から見える、空逢くんの身体がすごくセ
クシーで、目のやり場に困っちゃう……！

「恋音、顔あげて」

「む、むり……だよっ」

　ただでさえ、目の前のことでいっぱいいっぱいなのに。

　イジワルなスイッチが入った空逢くんは、この状況が愉
しくて仕方ないのか。

「恋音の可愛い顔、見たいなあ」

　両頬が大きな手のひらに包まれて、そのまま顔をあげら
れてしまった。

「どうしたの、そんな顔真っ赤にして」

「うぅ……。空逢くんのせい、だよ……！」

「僕の裸なんて、見慣れてるでしょ？」

「み、見慣れてないです！」

　わたしばっかりが振り回されて、余裕たっぷりの空逢くんには、ぜったいかなわない。

「早く続きして。僕が風邪ひいてもいいの？」

　そ、それなら自分でやってくれたらいいのに。

「あんまり待たされちゃうと僕もひまだから、恋音の身体であそんじゃうよ、いいの？」

　まだちゃんとボタンできてないのに。

「まずは……恋音の可愛い唇もらっちゃうね」

「ふ……え、ん……」

　唇が重なった瞬間、意識がぜんぶそっちにいっちゃって。

　せっかくボタンがうまくできそうだったのに、キスに邪魔されて、ふりだしに戻っちゃう。

「あれ、ボタンいいの？　せっかくうまくできてたのにね」

「んんぅ……っ」

　甘いキスのせいで、ちっとも先に進まない。

　ただ、空逢くんのブラウスをクシャッとつかむだけで、ボタンなんかに集中できるわけない。

　キスの熱に溺れて、だんだん意識がボーッとしてくる。

「あー……恋音の唇たまんないね」

「ん……ふぅ……っ」

「甘くて、やわらかくて……病みつきになるね」

　それからずっと、空逢くんが満足するまでキスの嵐は止

まらず。

　かなり時間がオーバーして、いつものきっちりした完璧な空逢くんが完成。

　こ、ここまですごく長かった。

　壁にかかる時計を確認したら、どう見てもホームルームに間に合いそうにない。

　うっ……わたしがもたもたしちゃったせいだ。

　空逢くんに関しては、生徒会長っていう立場もあるから、遅刻なんてしちゃいけないのに。

「そ、空逢くんごめんなさい」

「どうして恋音が謝るの？　何も悪いことしてないのに」

「だって、これじゃ遅刻決定……」

「それなら大丈夫だよ。あの時計、15分進めてあるから」

「え……え??」

「ほら。こっちのほうが正しいから」

　笑顔でさらっと、スマホの画面を見せられて、たしかに時計の針がさしている時間と違う。

「恋音のことだから、僕の着替え手伝ったら時間かかると思って、あらかじめ時計を少し進めておいたんだ」

　ま、まさか……わざと着替えだけしなくて、わたしに手伝わせたのも、ぜんぶ空逢くんの思惑通り……!?

　おまけに、わたしが手こずることまで計算してるなんて。

　ど、どこまで用意周到なの……!?

「恥ずかしがりながら頑張ってる恋音、とっても可愛かったよ」

　空逢くんの考えてることは、計り知れない。

　それを碧架ちゃんに話してみたら。

「うわ……アイツ頭かなりいかれてるわね。どこまで計算してるのよ」

　かなり引かれました。

「あのバカ王子のやることは、とんでもないことばっかりね。まあ、今に始まったことじゃないけど」

　これを空逢くんが聞いていたら恐ろしい。

　さいわい、今は教室にいないからいいけど。

「そのうち恋音のことが可愛すぎて、監禁とかしないか本気で心配になってくるわ」

「空逢くんは、そんな怖くないよ？　ちょっとおかしいときもあるけど、優しいときがほとんどで」

「ちょっとじゃなくて、おかしいのはいつもでしょうが」

「うっ、そうなのかな」

「そうよ。あのね、恋音？　もしバカ王子に嫌なことされたら、はっきり嫌だって言わないとダメよ？　もし言えないなら、わたしがガツンと言ってあげるから」

　碧架ちゃんは、いつもいつも優しい。

　わたしって、ほんとに周りにいる人に恵まれてるなぁ。

　お昼休み。

　養護教諭の高嶺先生のところへ用事があるので、保健室に向かっていると。

　壁にもたれかかって、しゃがみ込んでいる女の子がいた。

　もしかして、体調を崩してる……？

　だとしたら、早くなんとかしてあげないと。

「あの、大丈夫ですか？」

　声をかけたら、反応して顔をあげてくれた。

　あっ、この子。

　たしか、入学式の日に特待生に選ばれて生徒会室に来ていた——忽那真白さんだっけ。

　紅花学園では、特待生制度があって。

　学年全体で６名しか選ばれなくて、かなり優秀じゃないと特待生にはなれない。

　特待生になる条件は、テストで常に上位10位以内をキープすること。

　あとは、人間も吸血鬼も契約をしていることがぜったい条件っていう決まりもある。

　そのかわり、特待生である限り学費は全額免除される。

　学園で生活するうえで必要な費用なども、ぜんぶ学園側が負担するという決まりも存在する。

　つい最近、入学してきたばかりの特待生の１年生の子に、この説明を空逢くんがしていた。

　たしか、忽那さんと同じクラスで、都叶音季くんという子も特待生として選ばれて、入学式の日に一緒に生徒会室に来ていたような。

　ちなみに、紅花学園は授業にも特徴があって。

　普通科目のほかに、特別授業というものがある。

　契約してる吸血鬼と人間がペアで受けたり、人間と吸血

鬼が分かれて受けたり。

　特別授業のスタイルは様々で、主に入学したばかりの1年生の頃に多くある。

　3年生にもなると回数は減るけれど、今でも月に一度あるくらい。

「あっ……すみません。少しめまいがして……」

　顔色があまり良くない。

　めまいがするってことは、もしかして貧血かな。

「えっと、それじゃあ、保健室に行きましょう。わたしが付き添います」

「え……っ、あっ、そんなの悪いです……！　それに、最近よくこういうことあって。少ししたら治まると思うので、気にしないでください」

　そんなに気を遣わなくていいのに。

　やっぱり放っておけないので、ちょっと強引かもしれないけど、一緒に保健室に行くことに。

「失礼します」

「あら、漆葉さん。それに忽那さんも」

　どうやら、高嶺先生は忽那さんを知ってる様子。

　とりあえず、忽那さんの体調が悪いことを先生に伝えないと。

「えっと、彼女——忽那さんの顔色があまり良くなくて」

「また貧血かしら。奥のベッドを貸すから、少し休んでなさい」

「う……いつもすみません……」

　高嶺先生に支えられて、忽那さんは奥のベッドへ。

　少ししてから、高嶺先生だけがこっちに戻ってきた。

「あの子ね、最近吸血鬼の男の子と契約したんだけど、ま
だ身体が慣れてないみたいでね。よく貧血を起こして、こ
こにくるの」

「そうだったんですね」

　わたしと同じだ。昔はよく貧血になって、高嶺先生にお
世話になっていたっけ。

「女の子は体調の変化が激しいから、あまり無理しちゃダ
メよって伝えてるんだけどね。ありがとうね、忽那さんの
こと心配してここまで付き添ってくれて」

「とんでもないです……！　あっ、これおあずかりしてい
た書類です」

「あぁ、ありがとう。あとで目を通しておくわね」

「よろしくお願いします」

　こうして、保健室をあとにした。

　放課後。

　今日は空逢くんが職員室に呼ばれているので、わたしだ
けが先に生徒会室へ。

「お疲れさまです。珍しいですね、漆葉先輩がひとりで先
に来るなんて」

　付け足して「いつも異常なくらい漆葉先輩にベッタリし
てる会長が、いないとか違和感ありまくりですね」なんて。

　すでに紫藤くんと黒菱くんがいて、ふたりとも手際よく

仕事をしてる。

「会長は何か用事で遅れる感じですか？」

「あ、そうなんです」

「ってか、今さらですけど先輩のほうが年上なのに、いつも俺たちに敬語使ってますよね。俺も璃来も気にしないんで、普通に敬語じゃなくていいですよ」

「え、あっ、でも……」

　わたしが戸惑っていると、ずっと無言だった黒菱くんが突然口を開いた。

「……櫂。あんま漆葉先輩と仲良さそうに喋ってると、あとで会長に刺されるよ」

　さ、刺される!?

　ふたりの空逢くんのイメージって、どうなってるの!?

「はぁ……たしかに。漆葉先輩のことになるとあの人、笑顔でどす黒いオーラ出して平然と恐ろしいこと言うし、頭いかれてるし」

　なんか、さらっとものすごい毒を吐いてるような。

　いや、まあ紫藤くんらしいといえばらしいけど。

　せっかく生徒会で一緒に仕事をしてるので、ふたりともっと話したいと思うけど、気づいたらスンッて線を引かれちゃう。

　わたしがやることといえば、紫藤くんや黒菱くんが作ってくれたデータを確認したり、空逢くんに許可をもらう資料に目を通したり。

　とくに会話をすることないまま、個人の仕事を黙々とこ

なしていくだけ。

　すると、生徒会室の扉がノックされた。

　誰か来たのかな？

「いきなりごめんなさい、失礼するわね。漆葉さんいるかしら？」

「高嶺先生、どうかしたんですか？」

　珍しい。先生が生徒会室に来るなんて。

「ちょっと急なんだけど、お願いしたいことがあって。今いいかしら」

「え、あっ、はい」

「じつは、わたし今から急きょ外に出ないといけなくてね。本来なら、放課後は保健委員の子が来てくれるんだけど、体調不良で早退したみたいなの。それで、保健室にいてくれる子を探していて。漆葉さんなら、すごくしっかりしているし、任せられると思ってお願いに来たんだけど」

　ど、どうしよう。

　先生が困ってるなら、引き受けなきゃだし。

「いいんじゃないですか。うるさい会長もいないですし。あとは俺と璃来でやっておくんで」

「でも……いつも仕事を紫藤くんと黒菱くんに任せちゃってるし」

「大丈夫ですよ。それに、先生からの頼まれごとなんですから、きちんとした仕事じゃないですか」

　うぅ、わたしのほうが年上なのに、紫藤くんのほうがしっかりしすぎて返す言葉がないよぉ……。

「会長には俺が伝えておきますから」

「そ、それじゃあ、行ってきます」

　こうして、急きょ代理で保健室の手伝いをすることに。

「放課後は、部活の練習中にケガをした子がくるだろうから。ここの棚に処置できるものは、ひと通り揃っているから。おそらく、そんなに人は来ないと思うけれど」

「わかりました。きちんとこなせるように頑張ります！」

「漆葉さんは、しっかりしてるから安心して任せられるわ。それじゃあ、よろしくね」

　こうして、先生が戻って来るまで保健室の当番をすることに。

　生徒会以外の委員会の仕事ってしたことないから、新鮮だなぁ。

　何事もなく終わるといいなぁと思っていると、コンコンッと軽く扉がノックされて。

「センセー、腕すりむいちゃったんで、手当てお願いしま——っ!?」

　入ってきたのは男の子。

　なんでか、わたしを見た途端に、これでもかってくらいびっくりした顔をしてる。

「え、え？　俺、入る場所間違えました!?　ここ生徒会室でしたっけ!?」

「あ、えっと、合ってます！　ケガされたんですよね？」

「いや、え……そうなんですけど。あれ、俺なんか幻覚見てる!?　漆葉さんが保健室にいるってどういうこと!?」

　あれれ。なんだかパニックを起こしてる様子。

　まさか、こんなびっくりされるなんて。

「えっと、今日だけ高嶺先生に頼まれて、保健室で当番してます！」

「ピンチヒッター的なやつですか！」

「そうです、そうです！」

　ものすごくハイテンションな男の子だなぁ。

　ケガしてて痛くないのかな？

「じゃあ、手当てするので、こっちに座ってください」

「はーい！」

　ケガの手当てなんて、そんなにしたことないから、ちょっと不安だけど。

　とりあえず、腕をすりむいてるみたいなので、消毒で傷口を綺麗にしてから、少し大きめの絆創膏を貼ればいいかな。

　救急箱を持ってきて、手当てを始めると。

「まさか漆葉さんに手当てしてもらえるなんて……！　幸せすぎて死んでもいいです！」

「え!?　死んじゃダメです！」

「というか、間近で見たらすごい可愛いですね！　いや、遠くから見ても、可愛いのは知ってるんですけど！」

　こんなふうに男の子と喋るのが久しぶりすぎて、なんて返したらいいのかなぁ……。

　いつも、空逢くんや透羽くん、生徒会メンバーのふたりしか男の子と喋る機会がないから。

「いつもは、会長が漆葉さんに近づいたら殺すぞオーラ出してるんで、喋りかけられなかったんですよ！」

「空逢くんそんな怖いオーラ出てますか!?」

　普段は、とっても優しいのに。

「たぶん、漆葉さんのことすごく大切にしてるから、他の男を近づけたくないんですね！　あっ、俺も今こうして話してるのバレたらヤバいですかね!?」

「だ、大丈夫です！　空逢くんは、すごく優しいので！それに、今は手当てしてるだけなので！」

　ちょっと時間がかかってしまって、うまくできたかわからないけど手当てが終わった。

「はい、終わりました。あと、これ絆創膏３枚ほど渡しておきますね。時間が経ったら、清潔なものに取り換えてください」

「この絆創膏もらえるんですか！」

　なんでか、ものすごくうれしそうで目をキラキラ輝かせてる。

　そんなに絆創膏もらえるのがうれしいのかな。

「漆葉さんからもらったものなんで、大切にします！」

「えっと、ちゃんと取り換えてくださいね？」

「はい！　わかりました!!　手当てありがとうございました、幸せでした！」

　ほんとにわかってくれたのかなぁ。

　まあ、何はともあれケガの処置はできたからよかった。

「ふぅ……これでしばらく落ち着くかな」

　って、思ったんだけど。

　しばらくして、保健室に来る人の数がすごくて。

「うわ、ほんとに漆葉さんいるじゃん……！」

「俺も早く手当てしてもらいてー！」

「体調不良だったら、恋音ちゃんに看病してもらえるってことだよな！　早く順番回ってこねーかな！」

　あれ、保健室っていつもこんなに大変なのかな!?

　気づいたら、わたしだけじゃ手が回らないくらい、大行列ができちゃってる……！

「えっと、じゃあ、この紙にクラスと名前と、どういう症状か記入してもらっていいですか？」

　まさか、今日に限ってこんなにケガする人や、体調不良の人が多いなんて。

　しかも、男の子ばっかり。

「恋音ちゃんを見てると治りそうです！」

「えぇ……」

　なんて言って、ジーッとわたしのことを見て、顔を真っ赤にしてる男の子とか。

「よかったら、握手してください！」

「あ、握手？」

　なんでか、握手を求めてくる男の子も多数……。

「漆葉さんに手当てしてもらうためにケガしてよかったです！」

「こ、これからはケガしないでくださいね？」

　ケガしたのに、なんでか笑顔でくる男の子もいたり。

　しばらくしても、保健室に人が増えるばかり。

　うぅ……これじゃ、生徒会室に戻るまで時間かかっちゃいそう。

「わーお。なんだこれ、すごいことになってるね」

　あれ、聞き覚えあるような声が。

「あっ、透羽くん！」

　まさか、透羽くんまで体調不良なの!?

　と、思ったけど、見る限りいつもと変わらず元気そう。

「いやー、さっきからなんの騒ぎかと思ったら、恋音ちゃんが中心にいたわけね」

「……？」

「こりゃ、どう見てもアイドルの握手会状態だねー。空逢が知ったら、ここにいるやつら全員退学にしそう」

「アイドル？　握手会??」

「空逢は許可してんの？」

「ううん。高嶺先生からどうしても手伝ってほしいって、頼まれたから」

「ありゃ。じゃあ、空逢がこの事態を知ったら大変──」

「僕がなんだって？」

　あれ、またしても聞き覚えのある声が。

　ま、まさか……。

「おっと、王子さま空逢くんご登場ですか」

「……バカにしてるのかな。今すぐ退学にされるのと、今すぐ消されるのどっちがいい？」

「結果的に、どっちも消えるじゃん」

「透羽にしては頭がさえてるね」

「消されないために、俺はどうしたら？」

「決まってるでしょ。今ここにいるやつら全員の相手、ぜんぶやってくれるよね、透羽くん？」

　なんだか、ものすごいテンポで会話が進んでいくから、ついていけない。

「透羽に拒否権あるわけないよね。それじゃ、あとは任せるから」

「ちょっ、まてまて！」

「この前、保健室でしてたこと、もみ消してあげたの誰だっけ？」

「くっ……お前はそういうとこ抜かりないよな」

「うれしい褒め言葉ありがとう」

　まだまだ人がたくさんいるのに、空逢くんがわたしを保健室から連れ出した。

　残された透羽くんは、ひとりでぜんぶ手当てしないといけないのかな。

　ちょっと悪いことしちゃったかも。

　もともと仕事を頼まれていたのは、わたしなのに。

「よ、よかったのかな。透羽くんにぜんぶ任せちゃって」

「……」

　む、無言……。いつもわたしが話しているのを無視しないのに、スルーされちゃってる。

　これは、完全にお怒りモードのとき。

「い、今から生徒会の仕事に──」

「戻るわけないでしょ。寮に帰って、恋音にお仕置きしないと」

　お仕置き？　なんだか聞き慣れない言葉が聞こえてきたような。

　いつもより強引に手をつかまれて、グイグイ引っ張っていくから。

　寮に着いて、すぐに部屋の鍵がガチャッとかけられた。

「え、えっと……」

「ベッドの上で座って待ってて」

　言われたとおり待っていると。

　少しして、空逢くんが"あるもの"を持ってきた。

「今から恋音に、たっぷりお仕置きしてあげるから」

「おし、おき……？」

　両手首を胸の前で合わせられて、肌にひんやりした金属のようなものが触れて──カチャッと音がした。

　え……？　こ、これは？

　びっくりして、何度もまばたき。

「僕以外の男に、可愛いとこ見せた恋音が悪いんだよ」

　普段あんまり見かけない──手錠のようなもの。

　ちょっと手を動かすと、カチャカチャ音が鳴るだけで、そう簡単には外れない。

「ちゃんと身体に教え込んであげないとね」

　相変わらず、いつものように優しそうに笑ってる。

　またしても、表情と言ってることが合ってない。

「何人の男が、僕の可愛い恋音を見て触れたのかな」

「きゃ……っ」

「考えただけで、嫉妬でおかしくなりそうだよ」

　肩をポンッと押されて、無抵抗のまま身体がベッドに沈んでいく。

「あのっ、空逢くん……っ」

「なーに？」

「こ、この手錠……ずっとこのまま、なの？」

「そうだね。これで恋音は僕に何されても抵抗できないもんね」

「な、何するの……っ？」

「甘いことだけだよ　嫌ってくらい僕のことしか考えられないように、身体に教えてあげようと思って」

　瞳がとっても危険。

　ぜったい逃がさないって、満足するまで離さないって。

「これ外してほしかったら、僕から鍵を奪ってごらん」

　手錠の鍵がネックレスみたいになっていて、それを空逢くんが首にかけてる。

「まあ……そう簡単に奪わせるつもりないけどね」

　クスッと笑って、鍵をブラウスの中に隠しちゃった。

　えっ、これじゃ、どうしたって鍵取れないんじゃ。

　そもそも、わたし手錠のせいで手が全然動かせないのに。

「鍵が欲しかったら、僕のブラウス脱がすしかないね」

「ぬ、ぬが……っ!?」

　そ、そんなのぜったいできっこないのに……！

「恋音が僕から鍵を奪うまで──甘いことやめないよ」

「……んんっ」

　やわらかい唇が、ふわっと重なった。

　いつもなら、手が使えるからわずかに抵抗できるのに。

「……今は優しいキスなんかしない」

「ん……っ、んん……」

　唇がわずかに動いて、上唇をやわく噛んで、ついばむようなキス。

　ちょっと唇をずらしても、逃がさないように追いかけて強引にグッと押しつけられる。

「はぁ……ぅ」

　苦しくて顔を少し横にずらしても、すぐに戻されちゃう。

　唇を離してもらえなくて、息を吸うタイミングがつかめないまま。

　酸素だけがどんどん奪われて、頭がボーッとしてくる。

「ほら、少し舌出して」

「ふぇ……っ」

　できないって、首をフルフル横に振るけど。

　口元に空逢くんの指が触れて、無理やりこじあけようとしてくる。

「できないなら、ずっと塞いだままだね」

「……っ、んぅ……」

　さっきより、もっと深いキス。

　苦しさがピークに逢して、わずかに首を横に振って限界の合図を送るけど。

「……苦しいなら、僕の言うとおりにしないと」

「っ……」

　恥ずかしさよりも、早く酸素が欲しくて。

　控えめに……言われたとおりにすると。

　満足そうに笑って。

「……ん、そういい子」

「ぅ……ぁ」

　スルッと絡めとって、口の中に熱が入り込んでくる。

　息を吸えたのは、ほんとに一瞬。

　これじゃ、苦しくて気を失っちゃいそう……っ。

「……もう、くるし……っ」

「解放してほしかったら、僕から鍵奪わないと」

　キスの合間に、なんとか伝えるけど全然抑えてくれない。

　むしろ、この状況を余裕で愉しんでいるみたい。

「早く僕のブラウス脱がしてよ。それとも──僕が恋音の制服脱がしてもいいの?」

　唇を重ねたまま。

　ネクタイを外されて、ブラウスのボタンにも指をかけて。

　あっという間に素肌が露わになって、少し冷たい空逢くんの手が、お腹のあたりにスッと触れる。

「ん……、やぁ……っ」

「……いいの?　このままだと僕のしたい放題だけど」

「ダ、ダメ……っ」

　キスのせいで力が抜けきってるなかで、なんとか手首を動かしてみる。

　でも、手錠が邪魔で思うようにいかない。

「まあ、僕はずっとこのままでいいけど」

　唇を吸われて、チュッと音を立てて、わずかに離れた。

　ただ、どちらかが少しでも動いたら、また唇が触れちゃいそうな距離。

「ほら……少しの間、僕がジッとしててあげるから。鍵取ってごらん」

「……ぅ」

　キスが止まってる今……手錠の鍵を取らなきゃ。

　きっと、ここで何もしないでいたら、空逢くんが満足するまで、ずっと求められちゃう。

「早くしないと、また恋音の唇食べちゃうよ」

　指先で唇を軽くふにふにしてくる。

　う……っ、ここまできたら、やるしかない……。

　手錠でつながれた両手を前に持ってきて、震える指先で空逢くんのブラウスのボタンを外していく。

　ちょっとずつ、ブラウスの隙間から空逢くんの身体が見えて、案の定ものすごく目のやり場に困ってる。

　こ、このままじゃ、目線をどこに合わせたらいいかわかんない。

　だから、ギュッと目をつぶろうとしたら。

「目閉じるの禁止ね」

「ええ……っ」

「だって、恋音が顔真っ赤にして恥ずかしがってるとこ、見たいから」

「きょ、今日の空逢くん、すごくイジワル」

「恋音が悪いんだよ。僕をこれだけ妬かせたんだから」

「うぬ……」

「早く続きして。恋音がしないなら——」

「し、します、します……！」

　ブラウスのボタンを上から3つ……外したら鍵が見えて、あともうちょっと。

　恥ずかしくてたまらないけど、これで鍵を外してもらえるって。

　——手を伸ばしかけたら。

「……まだやめないよ」

「へ……っ」

　手をベッドに押さえつけられて。

　ブラウスが乱れた状態の、すごくセクシーな空逢くんがフッと薄く笑ってる。

「僕がこれで満足すると思う？」

　ちょっと甘かったかもしれない。

　空逢くんが、そう簡単に満足してくれるわけないって。

「まだまだ……恋音で愉しませてよ」

「っ……」

　あぁ、とっても危険……。

　あんなにたくさんキスしたのに、全然満足してないよって顔してる。

「……甘いの、たくさんちょーだいね」

　抵抗できないまま、手錠も外してもらえないまま。

　首筋に何度も深く噛みついて、血を吸われて。

　甘い刺激を止めてくれない。

「あーあ……。どれだけ痕残しても足りない」

　空逢くんを嫉妬させたら。

　とんでもない、甘いお仕置きが待っていることを学んだ。

ずるい触れ方。

　とある日の放課後。

　本来なら今日は、生徒会メンバーで集まって定例会議の予定だったんだけれど。

「……ったく、先生たちは俺たちをなんだと思ってるんですかね。しかも、会長もなんでこんな雑務を引き受けちゃうんですか」

「ははっ。櫂はさっきから愚痴が止まらないね。仕方ないよ、先生たちからの頼まれごとだから」

　急きょ、予定変更で生徒会メンバー4人で、近くのショッピングモールで買い物をしています。

「断ればよかったじゃないですか。だいたい、買い物なんて先生たちが自分で行けばいいだけの話ですよね」

「まあまあ。僕も生徒会長っていう立場があって、断れなかったんだよ」

　先生たちから頼まれた買い物リストを見ながら、必要なものをカゴに入れていくんだけど。

「……なんですか、インスタントコーヒーとか、ウーロン茶とか、スナック菓子とか。そんなの自分で買いに行けよ」

「櫂は本気でイライラすると、いつもより口が悪くなるんだね」

「璃来だって、こんな買い物に付き合わされて、内心はブチ切れてますよ」

　紫藤くんが怒るのも無理ないかな。

　リストに載っているものが、ほとんど先生たちが私用で使いたいものばかり。

　ひとりの先生が頼みだすと、みんな便乗して頼んじゃって、職員室にいたほとんどの先生が、あれも欲しいこれも欲しいって頼みだした結果。

　わたしたち４人で、手分けして買い物をしないといけない羽目に。

「……早く帰ってゲームしたい」

「ほら、璃来もふざけんなって言ってますよ」

「そうだね。それじゃ、早いところ買い物すませて帰ろうか」

　いちおう、わたしも荷物持ちとして、お手伝いに来たんだけど。

「恋音はいいよ。こんな重いもの持ったら、細い腕が折れちゃうでしょ？」

「え、えっと、ペットボトルくらいなら持てるよ？」

「ダメだよ。もしケガしたらどうするの？」

　ただ、ペットボトルをカゴにいれようとしただけなのに。

　すると、この様子をそばで見ていた紫藤くんが。

「相変わらず過保護っぷりがすごいですね。人間の腕は、そう簡単には折れないと思いますけど」

「櫂は何もわかってないね。恋音の腕は特別に細いんだよ。それに、何かに触ってケガなんてしたら、すぐに救急車を呼んで処置してもらわないと」

「大げさです、税金の無駄遣いです」

　呆れながら、ポイポイ必要なものをカゴの中に入れていく紫藤くん。

　黒菱くんも、ひとりでカートを押して、黙々とお買い物をしてる。

　……で、結局わたしはみんなの後ろをついて回るだけになってしまい。

「あの、荷物くらい持ちます……！」

　すべて買い物が終わって袋に詰め込んでからも、わたしの出番はまったくなし。

「いいよ、恋音は女の子なんだから。こういう力仕事は、男がやるものだからね」

「でも、紫藤くんも黒菱くんも、たくさん持ってくれてるし……」

　わたしだけ手ぶらなのが、ものすごく申し訳ない……っ。

「いいですよ。俺も璃来、漆葉先輩に荷物持たせたら、会長に殺されることくらい把握してますから」

　今ものすごく恐ろしいことを、さらっと言ったような気がするよ……!?

「でも、みんなが頑張ってるのに、わたしだけ何もしないのは嫌……です」

「だそうですよ、会長。どうしますか？」

「……仕方ないね。それじゃ、これ持ってくれるかな」

　かなり渋った顔をして、ひとつだけ袋を渡してくれた。

　でも、ものすごく軽い。

　中を見たら、マシュマロが3袋入ってるだけ。

「えっと、これだけ？」

「やっぱり重たい？　僕が持とうか？」

「え、いやいや……！　むしろ軽くてびっくりしてるよ！」

「そっか。でも無理しちゃダメだからね？」

「ぜ、全然してないよ！　他にも持てそうなものあれば……」

「じゃあ、僕が恋音を持とうかな？」

「は、い……!?」

「軽くて片腕で持てちゃいそうだね」

「も、持たなくて大丈夫です……！」

　こんなやり取りをしてる間に、紫藤くんと黒菱くんは前をスタスタ歩いていってる。

　こうして、買ったものをすべて職員室に届けて、今日はこれで解散になった。

　ほんとに、わたし何も役に立てなくて、もはやわたしだけ学園に残って、仕事をしていたほうがよかったんじゃ……。

　寮に帰って、あっという間に夜の９時過ぎ。

　今ちょうど、お風呂から出たばかり。

「恋音、おいで。髪乾かしてあげる」

　ソファのほうで、ドライヤーを片手に持って、こっちにおいでって手招きしてる。

「だ、大丈夫だよ？　自分で乾かすよ？」

「いいんだよ、僕がやってあげたいんだから。ここ座って」

　言われるがまま、床にクッションを敷いてちょこんと座

ると、すぐにドライヤーの温かい風が髪にあたった。

　空逢くんは器用にブラシを使いながら丁寧に乾かしてくれる。

　人に髪を乾かしてもらうのって、すごく気持ちよくてボーッとしちゃう。

「はぁ、このままめちゃくちゃに噛みたいなあ」

「……え？」

　首にかかる髪をどかして、うなじのあたりを軽く指でなぞってる。

　いま、空逢くんなんて言ったのかな。

　ドライヤーの音で、あまりはっきり聞こえなかった。

「火照った肌って、そそられるよね」

　あれ、また何か喋ってる。

　うまく聞き取れないなぁ。

「……色っぽいから、変な気起こっちゃうね」

　首だけくるっと後ろに向けたら、いつもと同じように笑ってる空逢くん。

「えっと、さっきから空逢くんが何言ってるか聞き取れなくて」

「あぁ、なんでもないよ。あとで好き放題するから」

　変な空逢くん。

　しばらくして、ドライヤーの音が止まったので、お礼を言おうとしたら。

「このままベッドいこっか」

「えっ、もういくの？」

　時計を見たら寝るには、まだ少し早い気がする。

　もしかして、わたしが眠そうに見えたのかな。

「もちろん、まだ寝るわけじゃないからね」

「寝ないのに、ベッドにいくの？」

　いまいちよくわからず、お姫様抱っこでベッドのほうに連れていかれた。

「今日、重いもの持って疲れたでしょ？　だから、僕がマッサージしてあげる」

「重いものなんて持ってないよ？」

「マシュマロ重かったでしょ」

「ううん、すごくすごく軽かったよ！」

　念のため、"すごく"って強調してみたけど。

　どうやら、空逢くんにそれは聞こえていないみたいで。

「遠慮しなくていいよ。ほら、ここに寝転んで」

「うぬ……」

　ほんとに大丈夫なのに。

　むしろ、わたしが空逢くんにマッサージしたほうがいいんじゃ。

　結局うつ伏せに寝転んで、なぜかマッサージをしてもらうことに。

「なるべく優しくするけど、痛かったらすぐ言ってね」

「はぁい」

　ギシッとベッドが軋む音がして、真上に空逢くんがいる気配がする。

「それじゃ、肩から背中にかけてやるね」

「お、お願いします」

　肩に優しく触れられて、ゆっくりさすられて。

　少ししてから、わずかに力が込められて、絶妙な力加減がすごく気持ちいい。

　ただ、さすられてるだけでも、肩がほぐされていくような感じ。

　うっかりこのまま寝ちゃいそう。

「どこかやってほしいとこある？」

「あ、ううん。特にないかな」

「……そう。じゃあ、どこ攻めてもいいね」

　顔が見えないから、わからないけど声的にすごく愉しそうに聞こえる。

　気のせいかなぁ。

　そのままマッサージが続けられて、首とか肩が終わってどんどん下のほうへ。

「ん……っ」

　腰のあたりを軽く指圧されて、勝手に身体がピクッと跳ねちゃう。

「ここがいいんだ？」

「ひゃっ……」

　ただ、ちょっと押されただけなのに、声が漏れて身体もちょっと動いちゃう。

「腰のあたりは、感じやすいもんね」

「……えっ？」

「なんでもないよ。もっと触ってあげるから、恋音はジッ

としててね」

　さっきから、ずっと腰のあたりを撫でたり軽く押したり。

　急にグッと力を入れられると。

「ん、や……っ」

「可愛いなあ。さっきから、ここ触ると甘い声出るね」

「こ、腰のところ変な感じする……っ」

「うん、そうだね。もっとしてあげるから」

　こんなの、ずっとされたら耐えられないのに。

　ちっとも、やめてくれる気配がない。

「も、もう腰のところ、マッサージ大丈夫……だからっ」

　逃げるように身をよじると、それを阻止するみたいに後ろから体重をかけて、覆いかぶさってくる。

「……ダメだよ。まだ僕が満足してないから」

　危険なささやきが、耳元で聞こえる。

「もっと……恋音の身体で愉しませて」

　こ、これほんとにマッサージしようとしてるだけ？

　なんだか、空逢くんがしたい放題やってるだけのような。

　その予感は、見事に的中。

「あの……っ、手の位置とかおかしくない、かな……」

「そう？」

　相変わらず、後ろからわたしの身体を覆ったまま。

　ベッドとわたしの身体の隙間に手を入れて、お腹のあたりを撫でてる。

「や……っ、それ以上はダメっ……」

　これは、空逢くんが暴走してる……！

　すぐに止めるために、身体を回転させて振り向こうとしたのに。

「ほら、ジッとしてないと」

「ぅ……」

　真後ろから覆いかぶさってるから、全然身動きが取れない……っ！

「恋音もダメだよ。僕にこんな無防備な姿見せたら」

「……っ？」

「何されたって文句言えないよ」

　クスッと笑って、今度は背中を指先で軽くなぞってきて。

「これ、邪魔だから取っちゃおうか」

「へ……っ、きゃっ……」

　シャツの上からだっていうのに、ピンポイントに狙いを定めて指先を軽く滑らせて。

「っ……」

「……かわいー。声我慢してるの？」

　胸の締め付けが、ふわっとゆるくなった。

　びっくりした拍子に身体をちょっと動かすけど、逃がさないようにギュッと抱きつかれて。

「可愛い声、聞かせてほしいなあ」

　わざと声を出させるように、誘うような手つきでシャツの中に手を入れてくる。

「恋音の弱いとこ……あててあげよっか」

　素肌をなぞって、焦らすようにゆっくり触れて。

　指先に絶妙に力を入れて、強くしたり弱くしたり。

「ここ、好きだもんね」

「やぁ……っ、ぅ」

　気づいたらマッサージなんてしてなくて、空逢くんの手が身体のいろんなところに触れてる。

「恋音が可愛い反応するから、僕も我慢できなくなるね」

　わざと耳元で、ささやくように甘い声を落として。

　耳たぶを甘噛みされて、身体がビクッと跳ねちゃう。

「……この体勢のまま、噛んでもいい？」

「きゃ……ぅ……」

　後ろからだと抵抗できなくて、されるがまま。

　髪をスッとどかされて、首筋に生温かい舌が触れて、チクッと刺すような痛み。

　鋭いのが皮膚に深く入り込んでくる瞬間は、何度されてもやっぱり痛い。

　それに、空逢くんに触れられて、血を吸われてると……異常なくらい心臓がドクドク音を立てて。

　身体がちょっとずつ熱くなって、耐えられなくなっちゃう……。

　逃げるように、シーツをギュッとつかむと。

「甘くて止まんなくなるね。……もっとちょうだい」

　手の甲に、空逢くんの大きな手が重ねられて、首筋に唇をあてたまま、吸血をやめてくれない。

「……後ろからっていいね。恋音が無抵抗になるから」

「ぅ……っ、もっとされたら……甘くて溺れちゃう……っ」

　首をくるっと後ろに向けて、もう限界だよって瞳で見つ

めると。

「なに今の殺し文句……。僕のこと、どこまで翻弄する気なの……？」

　それを言うなら。

　わたしは、いつだって空逢くんに翻弄されてるのに。

　空逢くんの気持ちを知りたいのに、わからないまま。

　こうやって、甘い契約関係を続けてる。

　いつか──この関係をはっきりさせなきゃいけないときがくるだろうけど。

　今は、空逢くんの甘さに溺れたままでいたい。

第3章

可愛くないヤキモチ。

　もうすぐ7月に入ろうとしていた頃。

「そういえば最近、透羽くんお休みしてるけど何かあったのかな」

　ここ3日くらい、透羽くんの姿を見かけていない。

　ホームルームで出欠を取っても、先生は欠席としか言わなくて理由まではわからない。

　空逢くんは、なんだかんだ仲良しだから理由とか知ってるのかと思って聞いてみたら。

「……さあ。もしかしたら、女の子に恨まれて刺されて動けなくなってるんじゃない？」

　心配する素振りを見せなくて、なかなか怖いことをさらっと口にしてる。

「ってか、恋音が透羽の心配してるのムカつくね」

「えぇ……」

「まあ、恋音が優しい性格だから仕方ないことだけどさ」

「体調不良なら、お見舞いとか行ったほうが——」

「男の部屋に行くなんて、ぜったいダメでしょ。とくに透羽は、見境なしに襲いかかってくるから」

　お見舞いに行くのは大反対みたい。

　それでも心配だなぁ。

　さっき空逢くんが言っていたように、透羽くんモテモテだから、女の子の争いに巻き込まれてケガとかしてないと

いいけど。

「まあ、透羽なら心配しなくていいから。なんか最近、振り向かせたい子がいるから、他の女の子と遊ばないようにしてるみたいだし」

「えっ、そうなの？」

　すごく失礼かもしれないけど、透羽くんはいろんな女の子を相手にして、遊んでるイメージしかなかったから。

　噂では、誘われたらほぼ断ったりしないって。

　そんな透羽くんに、振り向かせたいと思う女の子がいるなんて、すごくびっくり。

「他の女の子から、血をもらうのも我慢してるみたいだから。それで自爆してるくらいだし」

「それじゃ、血が足りなくて大変なんじゃ……」

　透羽くんは契約してないから、言い方が悪いけど契約してない人間の血なら、誰でもいいわけで。

　女の子に誘われたら断らない透羽くんが、吸血したいのを我慢して、体調まで崩してるなんて。

　それだけ、振り向かせたい女の子への想いが強いんだなぁ。

「まあ、最悪の場合はタブレットだってあるし。透羽はしぶといから心配いらないよ」

　この会話をしていたのが、朝のホームルーム前のこと。

　そして放課後。

　何やらクラスメイト……とくに男の子たちが、ざわざわ

していて廊下のほうを見てる。

　何かなって、わたしも同じように廊下のほうに目線を移すと。

　前の扉のほうに、小柄で可愛らしい女の子が教室の中を見ていた。

　遠くから見てもわかる、幼い顔立ちで。

　少し明るめの髪はハーフツインをしていて、可愛らしい雰囲気にすごく合ってる。

「あの子たしか１年の小桜緋羽ちゃんだろ？　噂通りすげー可愛いじゃん！」

「だよなー。ってか、どうしたんだろうな、３年の教室に来るなんてさ！」

　たまたま、周りにいる男の子たちの会話が聞こえて、あの子が１年生ってことがわかった。

　どうやら誰かを探しているみたいで、遠慮気味に教室の中をキョロキョロ見ている。

　困ってそうだから、声をかけにいってあげたほうがいいかな。

　そう思っていたら、小桜さんの様子を見かねたクラスメイトの女の子──小野田さんが声をかけた。

　しばらく何かを話して、小野田さんだけがこっちにやってきて。

「あっ、会長。あの子が話あるみたいだよ」

「僕に？」

「うん。たしかに会長の名前言ってたけど」

「そっか、ありがとう。いってみるよ」

え、あっ、まさかの空逢くんに用事があったんだ。

そのまま空逢くんが小桜さんのところへ。

ふたりが話してる様子を、少し離れたところから見ていると。

空逢くんは、いつもと変わらず優しそうな顔で、にこにこ笑っていて。

小桜さんは、何やら慌てて照れてるのが見える。

ふたりで何を話してるのかな……。

ちょっとだけ、胸のあたりがモヤモヤしてる。

これくらいのことでモヤモヤするなんて、わたしの心狭いな……。

小桜さんがすごく可愛いから、勝手に不安な気持ちが出てきちゃう。

ただ、ふたりが話しているだけで、別に何かあるわけでもないのに。

はぁ……やだな。こんな気持ちになっちゃう自分が。

すると、ふたりで教室をあとにしてしまった。

どうしよう……。今日は生徒会がある日だから、空逢くんと一緒に行こうと思っていたけど。

しばらく待っても、なかなか戻ってこないので、結局ひとりで生徒会室へ。

うぅ……こんなどんよりしたままじゃ、ぜったい上の空状態になっちゃう。

気分転換に紅茶を作ってみたら。

「漆葉先輩、マグカップから紅茶があふれてます」

「……へ」

　ポットを片手に持って気づいたら、時すでに遅し。

　マグカップからドバドバあふれてる紅茶のせいで、机の上がびしゃびしゃ。

　黒菱くんに言われるまで気づかなかったなんて。

「……大丈夫ですか。火傷とか」

「あ、大丈夫です……！　ごめんなさい、すぐに拭きます」

　情けない……。ちょっとの不安で、こんな簡単にボロボロ崩れていっちゃうのが。

　ちゃんと切り替えなきゃいけないのに。

　そのあとも、何もかもがうまくいかず……。

「先輩。これ、はんこの位置が違ってます」

「え……、あっ、ごめんなさい……！」

　いけない。ちゃんと見て押したつもりだったのに。

「珍しいですね。先輩がミスするなんて」

「う……ごめんなさい」

「いえ。ところで、会長なかなか来ないですね。いつも、漆葉先輩にうざいくらいベッタリしてるのに」

　紫藤くんの毒舌っぷりは相変わらず。

　そして、噂をすれば。

　扉がガチャッと開いて、空逢くんが入ってきた。

「会長、遅刻ですよ。何してたんですか」

「うん、ちょっとね」

「その分、しっかり仕事してくださいね。山盛りに仕事置

いてあるんで」

「櫂は相変わらず厳しいね、鬼かな」

「遅刻した会長が悪いんですよ」

「まあ、ごもっともだね。きちんと仕事はするよ」

　生徒会の仕事を終えて、空逢くんと寮に帰宅。

　晩ごはんの準備をしていても。

「こ……のん」

「……」

「恋音？」

「……あっ」

　またしても、ボーッとしていたせい。

　フライパンが、ジュージュー音を立てて。

　目の前は煙でモクモク。

「どうしたの、ずっと固まって。火を使ってるんだから、気をつけないとケガしちゃうでしょ」

　空逢くんに声をかけてもらうまで、まったく気づかず。

　まる焦げハンバーグが完成……。

　これは食べたら身体に悪そう。

「う……ごめんなさい」

　なんか今日のわたし、へまして謝ってばかり。

　結局、もう一度ハンバーグを作り直したせいで、晩ごはんの時間が大幅に遅れてしまった。

「ご、ごめんね。こんな時間になっちゃって」

「ううん、いいよ。それよりも何かあった？」

「な、何もない、よ」

　……聞けない。あのあと、小桜さんとどこにいったのなんて。

　だって、わたしは空逢くんの彼女でもないし、そんなの聞く権利もないかなって。

　きっと、こんなモヤモヤ寝れば明日には忘れてるはず。

　そう思って、その日は眠りに落ちた。

　──翌日。

　今日も変わらず透羽くんは欠席。

　やっぱり心配だから放課後、空逢くんを誘ってお見舞いに行こうかな。

　……と思ったんだけど。

「ちょっと用事があるから、僕が戻って来るまでここで待てる？」

　どうやら、空逢くんは何か用事があるみたい。

　ひとりでお見舞いに行くのは、許してもらえないだろうから、また明日かな。

「えっと、それならひとりで帰るよ？」

「ダメ。ひとりで帰ってる間に、変な男に連れ去られたらどうするの？」

「たぶん大丈夫だよ」

「恋音の大丈夫ほど、あてにならないものないよね」

　うっ、地味にグサッとくること言われちゃった。

　こうして、ひとり教室で待つことに。

　少ししてから、机の上に目を向けると空逢くんのスマホが置いてあることに気づいた。

　あれ。もしかして忘れていった？

　届けてあげたほうがいいかな。

　まだ教室を出てそんなに時間も経っていないから、走れば追いつくかもしれない。

　そう思って、教室を飛び出したはいいけど。

　そもそも、空逢くんがなんの用事で、どこに行くのかも知らないのに、追いかけるなんて無理なんじゃ。

　とりあえず、職員室のほうに行ってみようかな。

　急いで階段をおりて、職員室に向かう廊下を見渡しても空逢くんの姿は見当たらない。

　やっぱり、おとなしく教室で待っていればよかったかな。

　廊下の窓から、ふと目線を外に移せば。

　偶然なのか、そこに空逢くんがいて。

　ここから声をかければ、気づいてもらえるかもしれないけど、声が全然出ない。

　目に映る光景を見て、思わず固まる。

　あぁ……なんだ。空逢くんの用事って……。

　モヤモヤが再復活。

　少し遠くに見える──空逢くんと小桜さんが、並び歩いてどこかに向かっているところ。

　昨日といい、今日といい。

　こうも、ふたりが一緒にいるところを目の当たりにすると、ちょっと……ううん、かなり苦しい。

　ふたりが一緒にいる理由は、知らないけれど。

　嫌でも浮かんじゃうのは、小桜さんが空逢くんに好意を持っていて、空逢くんも小桜さんのことが気になってるのかもって。

　とても声をかけられる状態じゃなくて、ふらっとその場をあとにした。

　そこからあんまり記憶がなくて、気づいたらひとりで寮の部屋に帰っていた。

　連絡もしないで、ひとりで帰ったりしたから怒られちゃうかな。

　でも……空逢くんだって、他の女の子との用事があるなら、わたしのことなんて放っておいてくれたらいいのに。

　胸はモヤモヤ、頭の中はグルグル。

　部屋の電気もつけずに、ベッドに寝転ぶだけ。

　目をつぶると、さっきの光景が何度も頭の中に流れてきちゃう。

　そして、少し時間が過ぎて部屋の外から慌ただしい音が聞こえて、扉がガチャッと開いた。

「……恋音？　帰ってきてる？」

　空逢くんの声だ。

　すぐに部屋の明かりが、パッとつけられた。

　今はあんまり顔を見たくないし、見られたくない。

　だから、布団を頭からかぶってる。

「よかった、帰ってきてたんだね。急にいなくなったから心配したよ。どうしてひとりで帰ったりしたの？」

「体調……悪くて」

「もしかして、朝から悪かった？」

「う、ううん……」

「ごめんね、僕がそばにいたのに気づいてあげられなくて」

　いつも優しくて安心する声が、今はちょっと苦しい。

「何かしてほしいことある？」

「……何も、ない。ただ、今はひとりで寝たい……です」

　たぶん……ヤキモチ。

　ふたりに何かあったところを見たわけでもないのに。

　わたしは、すごく欲張りな人間かもしれない。

　空逢くんが他の女の子と話したり、一緒にいたりするのを見ると苦しくて。

　優しくするのも、甘やかしてくれるのも──ぜんぶ、わたしだけがいいって。

「そっか。それじゃ、気分が落ち着くまでゆっくり寝てね。何かあればすぐに呼んで」

　最後に優しい手つきで頭をポンポン撫でて、わたしから離れた。

　結局、この日はごはんも食べる気になれなくて。

　お風呂に入ったら、またすぐにベッドに潜り込んで。

　空逢くんに背中を向けて眠ることなんて、ほとんどなかったのに。

「恋音、もう寝てる？」

「……」

　寝たふりをして、背中を向けたまま。

　ひとりでヤキモチを焼いて、勝手に拗ねてるような態度を取って……悪いのは、ぜんぶわたしなのに。

「おやすみ、恋音」

「っ……」

　後ろから、大切なものを包み込むみたいに抱きしめてくる空逢くんは、ほんとにずるい――。

「ちょっと、恋音。お昼まさかスムージーだけ？」

「あ、うん。あんまり食欲なくて」

「いやいや、ただでさえ細くて華奢なのに。どうして食欲ないのよ？　何かあったなら、わたしでよかったら話聞くわよ？」

　お昼休み。

　いつも、お昼は碧架ちゃんと食べてるんだけど、わたしのお昼ごはんを見て、かなり心配してる様子。

「無理に話してとは言わないけど。ひとりで抱え込むより、誰かに聞いてもらってラクになることもあるからね」

　わたしが、なかなか話せないでいると、いつもうまく聞きだしてくれる。

「それが、この前……空逢くんが１年生の女の子と、ふたりでいるところ見ちゃって」

「え、あのバカ王子が？」

「う、うん……。ふたりの関係はわからないんだけど、女の子側が空逢くんに気があるのかなって。考えすぎかな……」

「たしかに、アイツ外面はいいから夢中になる子が多いの

は否定できないわよね。だからって、それで恋音が不安に
なることは何もなさそうだけど」

「だ、だって、何回か空逢くんに会いに来てて。空逢くんも、
まんざらでもなさそうに見えて……」

「いや……恋音のことしか眼中にないアイツが、他の女に
目がくらむなんて、天と地がひっくり返るくらいありえな
いわ」

「そ、そんなに？」

「恋音は気づいてるかわからないけど、あのバカ王子の恋
音に対する溺愛度は異常よ？　へたしたら、犯罪レベルみ
たいなところもあるからね？　アイツの視界も頭の中も、
ぜんぶ恋音のことばっかりなんだから」

「そうなのかな……」

「不安なら、アイツに直接聞いてみたらいいじゃない。恋
音が聞きにくいなら、わたしが問い詰めてあげるけど」

「いやいや、そんな……」

　結局、いろいろ考えすぎて。

　夜、せっかくふたりで過ごせる時間も。

「恋音、どうしたの？　最近ずっと浮かない顔してるけど」

「な、何もない……よ！　えっと、もう疲れたから先に寝
るね……！」

　不自然に空逢くんを避けてしまう。

　空逢くんも、薄っすら避けられてるのを気づいていると
思う。

　そして３日ほど、あからさまに空逢くんを避けてしまった結果。

「ねぇ、恋音……。何かあったらなら、言ってくれないとわからないよ」

　ついに、空逢くんが耐えられなくなったのか、放課後ひとりで帰ろうとするわたしを引きとめてきた。

　わたしが勝手にモヤモヤして、避けてるのに。

　優しい空逢くんは、それに対しては怒らずにわたしの話を聞こうとしてくれてる。

　なのに。

「な、なんでもない……よ」

「じゃあ、どうして僕のこと避けるの？」

「それは……っ」

　言えない……。ヤキモチ焼いてるなんて。

「恋音が不安に思ってることがあるなら、ぜんぶ聞きたい」

「い、言いたくない……っ」

　こんなに空逢くんに強く言い返したのは、初めてかもしれない。

「恋音——」

「さ、先に帰るね……っ」

　隙を狙って逃げてしまった。

　こんな可愛くないことばかり言って、ぜったい愛想つかされた。

　小桜さんみたいに、女の子らしくて可愛くて。

　守ってあげたくなるような……そんな女の子が、空逢く

んにお似合いだから。

自分で突き放したのに、苦しくて涙が出てくるなんて。

何度拭っても、ポロポロあふれてくる。

「もう、やだ……っ」

とにかく走って、走って……たどり着いたのは、バラがたくさん咲いている中庭。

ここまできたら、さすがに追ってこられないはずだから。

ひとりになると、余計に泣きたい気分になる。

泣いちゃダメって思うのに反して、涙は止まってくれない。

心が狭くて、強がりな自分がすごく嫌……っ。

こんなのじゃ、嫌われても仕方ないはずなのに。

フッと背後に気配を感じて、後ろを振り返るひまもなく──。

「……そうやって、ひとりで泣かないで」

「っ……」

わたしが一方的に、ひどい態度を取っても……空逢くんは、ぜったいに寄り添ってくれるから。

「ちゃんと理由話して。もし、僕が恋音を不安にさせてるなら、きちんと話聞きたい」

どうして、空逢くんは……いつも優しいの。

ただ、今はその優しさが苦しいよ。

「そんな、優しくしないで……っ」

「どうして？ 恋音だから優しくしたいのに」

「う、嘘ばっかり……っ」

「嘘じゃないよ。僕はこんなに恋音しか見てないのに」

「だ、だって……小桜さんにも……っ」

　あっ……しまった。口にするつもりなかったのに。

「小桜さん？　あの子がどうかした？」

　首だけくるっと後ろに向けて、疑うような目でじっと見ると、不思議そうな顔をしてる空逢くん。

　小桜さんの名前を出したのに、なぜか反応が薄め。

「最近……空逢くんと小桜さん、ふたりで会って話してるところ見かけたから……。わたしよりも、彼女と一緒にいるほうがいいのかなって。だから──」

　すると、急に身体ごとくるりと回されて、しっかりお互いが向き合うかたちになった。

　空逢くんは、すべて悟ったみたいな表情をしてる。

「恋音ちょっと待って。すごく誤解してる」

「ご、かい……？」

「それが理由で僕のこと避けてたの？　待って。ぜんぶ話すから、ちゃんと聞いてほしい」

　珍しく空逢くんが、ものすごく焦ってる。

　すると、このタイミングで予想もしていなかった人たちがやってきた。

「おっとー。なんだなんだ、空逢が恋音ちゃんのこと泣かせてるじゃん」

　なんとびっくり。偶然なのか、最近ずっと休んでいた透羽くんが元気そうな姿で、こっちに歩いてきてるではないですか。

「誰のせいで、こうなったと思ってんの？」

「え、俺のせい？」

「透羽のせいしかないよね。今すぐ僕に土下座して謝って くれる？」

「いやいや、そんな冗談やめよーぜ？ 俺これでも病み上 がりなんだからさ」

　そして、透羽くんの隣にいる女の子を見て、思わず目を パチクリ。

「あのっ、神結先輩！ この前は、透羽先輩のことでいろ いろありがとうございました！」

　なんとびっくり小桜さんがいる。

　え、えっ……？ どうして、小桜さんと透羽くんが一緒 にいるの？

「どういたしまして。小桜さんのおかげで、透羽も元気に なったみたいでよかったよ」

「おいおい、俺のときとだいぶ対応違くね？ 緋羽ちゃん だけ特別扱いかよ」

　"緋羽ちゃん"なんて、ずいぶん親しそうな呼び方。

「そりゃそうでしょ。小桜さんは別に何も悪くないし」

　この場の関係性が、いまいち理解できていないのは、わ たしだけ？

「透羽先輩！ まだ体調が完全に回復してないんですから、 あんまり暴れちゃダメです！」

　小桜さんも"透羽先輩"なんて親しそうに呼んでる。

　このふたりの関係って。

「また緋羽ちゃんが寮に来て看病してくれるなら、もういっ

かいくらい倒れようかな」

「ダメです！　す、すごく心配したんですよ！」

「そーだね、心配かけちゃったね。でもさ、久々に緋羽ちゃんから血もらえて──」

「うわぁぁぁ！　神結先輩と漆葉先輩の前で、変なこと口走らないでください……！」

　その場でぴょんぴょん飛び跳ねて、透羽くんの胸を軽くポカポカ叩いてる姿が、なんとも可愛いっていうか。

「じゃあ、緋羽ちゃんが俺と契約してくれる？」

「し、しません!!」

「そこは断固拒否なんだね。俺がまた倒れちゃってもいいの？」

「そ、それはダメって言ってるじゃないですか！」

「だってさ、身体が緋羽ちゃんの血しか欲しくないって」

「し、知らないです！　それに、透羽先輩は別にわたしじゃなくても、他に女の子がたくさんいて──」

「だから、緋羽ちゃんじゃないとダメになったの。他の子なんて今はどうだっていいよ」

　もしかして、透羽くんがいろんな女の子と遊ぶのをやめたのは……。

　小桜さんのため？

　あれ、だとしたら、わたしは何を悩んでいたの？

「それにさ、俺が休んでるの知って、わざわざ空逢に俺の容態聞きに行って、おまけに寮にお見舞いに来てくれるなんて、緋羽ちゃんもう俺のこと好きでしょ？」

「んな……！　ち、違います……！　自惚れすぎです！」

　否定してるけど、顔がすごく真っ赤。

「寮にお見舞いに来てくれたとき、空逢が一緒じゃなかったら襲ってたのになー」

「あ、ありえないです！　透羽先輩なんて、もういっかい倒れちゃえバカ……っ！」

　もしかして……いや、もしかしなくても。

　これは、わたしが勝手にいろいろ誤解してた可能性が高いんじゃ……!?

「……で。僕らは、いつまでキミたちのイチャイチャを見ていたらいいのかな？　僕は僕で、いま恋音にいろいろ誤解されて、大変なことになってるんだから」

「え、なになに。空逢の溺愛が異常すぎて、ついに恋音ちゃんに嫌われそうな危機？」

「何言ってんの。恋音に嫌われたら死ぬんだけど」

「だよなー。空逢の世界は、ぜんぶ恋音ちゃん中心だもんな。他人とかどうでもいいだろ？」

「そうだね。とくに透羽はどうでもいいよ」

「冷たいのな。まあ、俺は空逢に嫌われても、緋羽ちゃんに好かれたらそれでいいからさ」

「あっそ。せいぜい好かれるように頑張れば」

　こうして、透羽くんと小桜さんと別れて寮に帰宅。

　部屋の扉が閉まったと同時、後ろからギュッと抱きしめられた。

「……さっきの話の続きだけど。なんとなく見てわかった

と思うけど、誤解は解けた？」

「えっと……前に小桜さんが教室に来てたのは……」

「透羽のこと心配して、僕に話を聞きに来ただけ」

「その翌日に、ふたりで一緒にいたのは……」

「お見舞いに行きたいって言うから、透羽の部屋まで付き添いで行っただけ」

　つ、つまり……やっぱり、ぜんぶわたしの誤解……。

「わ、わたし、てっきり小桜さんが空逢くんに気があるんじゃないかと思って」

「僕じゃなくて、透羽だね」

「うぬ……っ」

　まさか、こんなオチだったなんて。

　結局、わたしが空回りしていただけ。

「これで不安はなくなった？」

「う、うん。いろいろ誤解してごめんなさい……っ」

「じゃあ、僕のこと避けた罰として、今からたくさん相手してもらうから」

　これで一件落着……かと思いきや。

　どうやら、そう簡単にはいかないようで。

「ずっと恋音に触れられなくて、死にそうなんだから」

　お姫様抱っこで、ベッドのほうへ連れていかれて。

「僕が満足するまで付き合って」

　この日の夜は、ひと晩中ずっと離してもらえなかった。

大きくなる好きって気持ち。

　学園は、もうすぐ夏休みを迎えようとしている。

　今日は、吸血鬼と人間が分かれて受ける特別授業がある。

「はぁ……1時間も恋音と離れるなんて、僕の心が死にそうだよ」

「そんなっ、大げさだよ！」

「いっそのこと、恋音だけ特別に授業が免除されるように、僕から先生にお願いしようか」

「だ、大丈夫です！　ちゃんと1時間したら戻って来るから、ね？」

　本気で拒否しないと、空逢くんならやりかねない。

「特別授業自体を廃止するのも――」

「それはダメだよ……！」

　あらゆる手段を使って、わたしを特別授業に行かせないつもりなんじゃ……！

　空逢くんには少し悪いけど、こうなったらちょっと強引に振り切るしかないような。

「遅刻しちゃうから、もういくね……！」

　内心ごめんなさいって思いながら、慌てて教室を飛び出した。

　始業のチャイムが鳴る数秒前に、なんとか教室に滑り込んだ。

　特別授業は、1年生の頃からずっと決まって高嶺先生が

担当している。

「それじゃあ、授業を始めていくわね」

　特別授業で主に学ぶことは、吸血鬼についての基礎知識とか、吸血鬼と人間の契約についてのことや、正しい吸血行為の仕方……などなど。

　こういった基礎的なことは、ぜんぶ1年生のときに学んでいる。

　入学したばかりの頃は、吸血鬼のことや契約の仕組みなど、知らないことが多いので、特別授業の回数も必然と多かった。

　3年生になった今は、授業の回数も減ったけれど。

「みんなにはいつも伝えているけれど、自分の体調のことを考えて、あまり無理しちゃいけないからね。とくに女の子は体調の変化が激しいから、鉄分とかをしっかりとることがすごく大切だからね」

　と、こんな感じで、契約している人間が気をつけることなどを、あらためて授業で伝えてくれたり。

　そして、授業が進められていくなかで、自分に関わる、とんでもない話を聞くことに。

「人間の身体は不思議なものでね。気持ちが血の味に出たりすることもあるの。もちろん、全員が出るとは限らないけれど」

　それって、自分ではわからないけど、契約してる相手の吸血鬼はわかるってこと?

「例えばだけど、もし人間側が契約している吸血鬼を好き

で、その気持ちがすごく強くなった場合。血の味が少しず
つ変わってくることもあるの」

そ、それは……つまり、わたしが空逢くんを好きになれ
ばなるほど、血の味が変わっていくってこと……!?

ど、どうしよう、すごく今さらだけど、血の味でわたし
の気持ちがバレてるかもしれないなんて。

今まで自分の血の味なんて、意識していなかったから。
「もし、血の味が変わるとすれば、今より甘くなる可能性
があるわね。契約している吸血鬼が血の味に敏感だと、味
の変化に気づくこともあるかもしれないわね」

この事実を、もし空逢くんが知っていたらかなりまずい
んじゃ……！

自分の胸の中にしまっていた"好き"って気持ちが血の
味に出てきて、バレる可能性があるなんて。
「相手を想う気持ちが強くなればなるほど、血が甘くなる
なんて不思議よね。とくに女の子は、そういうのが出やす
いから」

わたしの頭の中は、もうこのことでいっぱい。

もちろん、吸血行為は今までずっとしているし、血の味
のことについては、そんなに空逢くんに言われたことない
けど。

「……るは、せんぱい……」
「……」
「漆葉先輩」

「……あっ」

「どうしました、大丈夫ですか？」

　ハッとしたときには、かなり遅くて。

　いま声をかけてくれた紫藤くん含め、空逢くん、黒菱くんが不思議そうにわたしのほうを見てる。

　いけない。特別授業のことを考えすぎて、気づいたら放課後を迎えていた。

　今は夏休み前、最後の生徒会メンバーの集まりなのに。

　上の空状態だったわたしは、会議の内容が頭に入ってこずに、ボーッとしたまま。

　夏休み中は、生徒会メンバーの集まりは基本的にないので今日が夏休み前、最後の定例会議だっていうのに。

「あ、えっと……、ごめんなさい……！」

　ダメだ、ダメだ。

　今は、いったん考えるのをやめて、会議の内容をきちんと聞かないと。

「いちおう、夏休みが明けて少ししてからscarlet blood（スカーレット ブラッド）もありますし。それの打ち合わせも軽くできたらと思うので、配った資料を見てもらってもいいですか」

　今、紫藤くんがさらっと口にした"scarlet blood"と呼ばれるもの。

　これは、生徒会が毎年主催（しゅさい）している行事だ。

　年に一度、たった1日だけ、契約している人間と吸血鬼が契約を解除できる日が定められている。

　これは、人間と吸血鬼の平和条約（へいわじょうやく）で決められたこと。

　そこで契約を解除したり、契約の相手を変えたりすることができる。

　scarlet bloodは毎年秋ごろに行われていて、生徒会メンバーが中心となって全学年……人間も吸血鬼も全員が参加の対象となっている。

「去年と同じような流れで、学年ごとに時間を区切って進めていこうと思っています。1年生は今回が初めてなので、事前にホールに集めて説明をできたらと思っています」

「そうだね。去年と同様に1年生で契約している生徒のみを先に集めて、僕から軽く説明をするよ」

「はい。では、それでお願いします。流れとしては、去年と変わりはないので、いちおう当日の進行は漆葉先輩にお任せしていいですか？」

「あ、はい。大丈夫です……！」

　生徒会メンバーは、去年から誰ひとりとして変わっていないので、今年のscarlet bloodも問題なく進みそうかな。

「あと、いま学園内で吸血鬼が人間側に許可なく無理やり吸血行為をすることが問題になっています」

　契約をしていない生徒——とくに人間の女の子が、吸血鬼に襲われることが最近起きているみたいで。

　契約をしていない人間の女の子は、吸血鬼なら誰でも血を与えることができるから、狙われるターゲットになりやすい。

　基本的に、吸血行為は契約をしていない同士でも、お互いの同意がないとしてはいけないもの。

　無理やり吸血をすることは、禁止されている。

　それを許してしまうと、かなり大きな事件に発展する可能性があるから。

「とくに問題となっている生徒が、紅松と白鷺の2名です。何度か人間の女子生徒を襲って謹慎処分になっていますが、今後また問題を起こした場合は、さらに重い処分を学園側に出してもらう必要があるかと」

「……そうだね。それは学園側としても問題となっていることだから、注意しておく必要があるね。僕のほうからも、学園側に再度強くその件を伝えてみるよ」

　何度も問題を起こしているなら、本来は即刻退学のはずなんだけど。

　このふたりは、何度か契約していない人間の女の子を襲っては、吸血行為を繰り返しているのに退学ではなく謹慎処分ですんでいる。

　その理由が、このふたりが襲ったっていう明確な証拠がはっきり出てこなかったから。

　被害にあった女の子たちは、みんな精神的に弱ってしまい、詳しい事情を聞きだすこともできず。

　ほとんどの子が、自主退学をしている。

　学園でも、しっかり取り締まっていかなくてはいけない問題だ。

「――では、以上で会議を終わります。お疲れさまでした」

　定例会議が終わって、解散になった。

　紫藤くんと黒菱くんは、ささっと荷物をまとめて生徒会室をあとにした。

　残ったのは、もちろんわたしと空逢くん。

　ふたりっきりになった途端、またしても特別授業のことがポンッと頭に思い浮かぶ。

　血の味のことなんてほんとに今さらすぎて、意識しても仕方がないのに。

「恋音？　どうしたの、何かあった？」

「……へ!?」

　い、言えない。今日あった特別授業のこと。

「さっきから、ずっと上の空だよね？　恋音は昔から考え事をしてると、ボーッとすることが多いから」

　不自然さ全開のわたしを、本気で心配してる空逢くん。

「え、いや、えっと……！　な、ななな何もない、です……！」

　うぅ……なんで普通にできないの……！

「そんなあからさまに動揺してるのに？」

「ほ、ほほほんとに何もない……です！」

　慌てて空逢くんのそばを離れて、ソファのほうへ。

　あぁ、もう……！　平常心を保たないと……！

「まあ、無理に何があったかは聞かないけど。僕でよければ話聞くからね」

「う、うん。ありがとう……っ！」

　空逢くんのことだから、わたしのこの煮え切らないような反応に納得してくれてないかもだけど。

　無理やり聞いてこようとしないのは、空逢くんなりの優

しさだと思う。

「あ、そうだ。せっかくだから、これ食べる？」

　ソファに座ってると、空逢くんが何やら白い箱を持って、こちらにやってきた。

「恋音が何か悩んでるのかと思って、用意したんだけど」

　わたしが座る隣に腰をおろして、白い箱を目の前のテーブルに置いた。

「えっ、あ……これって」

　箱の中から取り出された、クリームたっぷりのフルーツケーキ。

「甘いの好きでしょ？」

「う、うん」

「じゃあ、食べるといいよ」

「わざわざ用意してくれたの？」

「そうだね。少しでも恋音がよろこんでくれたらうれしいなって」

　にこっと笑って、わたしの頭をよしよし撫でて。

　こうやって、さりげなくわたしがよろこぶことをしてくれるところも、すごく好き。

　空逢くんのそばにいたら、好きって気持ちがどんどん増していっちゃうよ。

「これ食べてから、ふたりで寮に帰ろっか」

「空逢くんの分は？」

　箱にあるケーキは、ひとつだけ。

「僕はそんなに甘いの得意じゃないから。恋音が食べて」

「ほ、ほんとにいいの？」

「うん。僕のことは気にしなくていいよ」

　お皿とフォークを用意して、ケーキを食べることに。

「い、いただきます……！」

　パクパク食べ進めていると、何やら隣からものすごい視線を感じる。

　チラッと横目で確認したら、頬杖をついて身体ごとわたしのほうを見てる空逢くん。

　微動だにせず、にこにこ笑顔。

「こんなに可愛くケーキを食べられるのは、恋音だけだね」

「そ、そんなことないよ！」

　相変わらず、可愛い攻撃が止まらない。

「可愛すぎて、ずっと見てられるね」

「うぬ……っ。そんな、たくさん可愛いって言われたら、恥ずかしいよ」

　わたしが、どれだけドキドキしてるか知らないで。

　空逢くんのそばにいたら、心臓がひとつじゃ足りない。

「ふっ……。ほら、そんな慌てるからクリームが唇のところついてるよ」

「えっ、あ……っ」

　やだやだ、恥ずかしい。

　テーブルに置いてあるティッシュに、手を伸ばそうとしたんだけど。

「……それ、もしかして僕のこと誘う作戦なの？」

「え？」

「そんなところにクリームつけて。僕に食べられたいの？」

「ふへ？」

　ど、どうしよう。

　空逢くんの危険なスイッチが入ったような気がする……！

　ソファに手をついて、身体をちょっと後ろに下げるけど、空逢くんが前のめりで逃がさないよって近づいてくる。

「僕がクリームとってあげる」

「え、あ……だいじょ──」

「いいから。恋音はおとなしく僕の言うこと聞いて」

　脇の下にするりと手を入れられて、簡単にわたしの身体を持ち上げて。

　なんでか、わたしが空逢くんの上に乗ってる体勢。

「ん、これでいいね」

　よくない、よくない……っ！

　この体勢ぜったいおかしいよぉ……。

　ただ口元のクリームとるだけなのに。

「う……っ、やっぱり……自分でとる……よ」

「いいよ。僕が舐めてあげるから」

「な、なめ……っ？」

　顔をグッと近づけられて、唇が触れるまであと数センチ。

　フッと笑って、空逢くんが自分の唇の端をペロッと舐めてるのが、すごく色っぽく映る。

「……じっとしてて」

「っ……ぅ」

　唇のほぼ真横。

　やわらかい感触があたったと思ったら、そのまま舌先で
ペロッと舐められてびっくり。

　ものすごい至近距離で、しっかり目が合って、ブワッと
恥ずかしさに襲われる。

「……このまま唇も食べたいなあ」

「へ……、んっ……」

　唇がわずかにずれて、うまくあたるたびにやわらかい感
触が伝わってくる。

「……甘いね、恋音の唇」

「ん……ぅ、っ」

「もっと……たくさん欲しくなるね」

　何度もチュッて音を立てるキスをして。

　触れてるだけじゃ物足りないって、誘ってくる。

　口元をキュッと結んでいても。

「……ほら、ゆっくり口あけて」

　キスしてるときは感覚が麻痺して、空逢くんの言うこと
をなんでも聞いちゃう。

「はぁ……ぅ」

　控えめに、ちょっとだけ……口をあけると。

　それを狙っていたかのように、こじあけるように熱が入
り込んでくる。

「んんっ……」

　触れていたキスから、突然すごく深いキスに変わって、
身体にピリッと電流が走ったみたい。

「あー……たまんない」

　口の中にある熱が、どんどんかき乱して、頭がふわふわクラクラ……。

　キスのせいで、ポーッとして甘い熱に溺れかけて。

　今これだけでも、ついていけないのに。

「……キスもいいけど。もっと恋音に触れたいね」

　唇が触れたまま。

　スカートの上から、空逢くんの手がそっと触れて。

「恋音は、ここ触られると弱いもんね」

「や……っ、触っちゃ……んんっ……」

　無遠慮に、スカートを少し捲り上げて。

　太ももの内側を、イジワルな手つきで撫でてくる。

「……同時にされて気持ちいい？」

「っ……、ふっ……」

「まあ、聞かなくても身体が反応してるもんね」

　キスされて、触れられて。

　恥ずかしさとドキドキが混ざり合って、おかしくなっちゃいそう……っ。

「スカート……から、手抜いて……っ」

　キスの合間に、なんとか喋るけど、うまく邪魔されて言葉が途切れちゃう。

「もっと奥……触ったら今より気持ちいいよ？」

「ぅ……やぁ……」

　必死にスカートの部分を押さえて抵抗するけど、空逢くんの手は全然引いてくれない。

「太ももと唇……どっちもやわらかいね」

「ひゃっ……ぁ」

　スカートの中にある指先が、太ももを軽くなぞりながら、いちばんやわらかいところに──グッと爪を立てた。

「……いつか、ここに痕残すからね」

「も、もう……これ以上は限界……だよっ」

「僕はまだ全然足りないのに？」

「う……っ」

　わたしは、こんなに余裕がないのに。

　空逢くんは、いつもの表情をまったく崩してない。

「もっと恋音に触りたいなあ」

「もう無理……だよぉ……」

　キスのせいで、頭がまだ少しボーッとしてる。

　いつもそう……。空逢くんのキスは、溶けちゃいそうで、まるで甘い毒みたい。

「僕も恋音に触れないと無理なんだよね。どうしようか」

　あんなにたくさんキスして、触れていたのに。

　まだ空逢くんの暴走が収まりそうにないのはどうして……！

「んー……。じゃあ、僕にもケーキ食べさせて」

　さっきまで食べないって言っていたのに。

　それに、とっても危なそうな笑みで見てるから、何か企んでそう。

　考えすぎかな。

　……と、思ったのはどうやら正しかったみたいで。

「あの……っ、どうしてこの体勢のままなの……！」

「ん？　だって、体勢変えるの面倒（めんどう）でしょ？」

　さっきと変わらず、わたしが空逢くんの上に乗ったまま。

「そ、そんなことないよ！　す、すぐに空逢くんの上から
どくから——」

「ダーメ。ほら、早くケーキ食べさせて」

「うぅ……」

　結局、体勢を変えてもらえないまま。

　片手にお皿を持って、ケーキをフォークに乗せて。

　あたふたしてるわたしを愉しそうに、にこにこ笑って見
てる。

「あ、えと……く、口……あけて？」

「今のさ……キスしてるときに言ってほしいなあ」

「……？」

「恋音から誘われたら、よろこんで口あけるよ」

　ん……？　なんか会話が噛み合ってるのか、噛み合って
ないのか。

　ドキドキ緊張（きんちょう）で手が震えて、フォークをゆっくり空逢く
んの口元に運ぶ。

　そのままパクッと食べてくれると思ったのに。

「あ……っ」

　空逢くんが、ちょこっと顔を動かしたせい。

　さっきのわたしみたいに、少しだけクリームが唇につい
ちゃってる。

「ご、ごめんね……！　すぐに拭き——」

　あれ……、なんかこれデジャヴ……。

「……いいよ。恋音が舐めてくれたら」

「っ……!?」

　にこっと笑って、まるでこれを狙っていたみたい。

　ぜったい無理だよって、首を横にフルフルするけど。

「できるでしょ？　さっき僕がやったみたいに」

「で、できない……っ」

「じゃあ、さっきよりもっと激しいキスしていいんだ？」

「ぬぅ……」

「僕が満足するまで、ぜったい離さないよ」

　隙を狙って、指でクリームをとろうとしたけど。

「ダメでしょ？　ちゃんと、ここで舐めてくれないと」

　あっけなく手をつかまれて、なす術なし……。

　こ、こんなの……ほぼ、わたしからキスするのと同じじゃ
ん……。

「ほら、唇合わせてあげるから」

「ん……む……っ」

　さっきキス止まったばかりなのに。

　また、お互いの唇が重なって。

「早くしないと、また僕が好き放題やるよ」

「ん……」

　きっと、空逢くんは折れてくれない。

　わたしからするまで、ずっとこのまま。

　唇を塞がれて、余裕がなくなるのは、わたしのほう。

「そ、あ……くんっ……」

「なーに？」

「くる、しい……」

「うん。じゃあ、早くして？」

　酸素が奪われて、息の仕方もわからないまま。

　苦しくて、どうしたらいいのかわからなくなって。

「ぅ……っ」

　控えめに、ちょっとだけペロッと舐めると。

　フッと満足そうに笑って。

「あー……今のゾクゾクした」

「もう、やだ……っ」

　わずかにクリームの甘さがあって……でも、それよりも
キスのほうが甘くて。

「クリームよりも、恋音のほうが甘くてクセになるね」

　は、恥ずかしくて死んじゃいそう……っ。

　心臓が、これでもかってくらいバクバクしてる。

　こんなのが続いたら、いつかわたしの心臓壊れちゃう。

　生徒会室を出て、寮の部屋に帰ってきてから。

　夜寝る前、今さらながら生徒会室でなんてことしちゃっ
たのって、ベッドの上でクッションを抱えてひとり
反省会。

「うぅ……どうしよう」

　空逢くんに余計にドキドキさせられて、もっと好きって
気持ちが出てきちゃう。

　これ以上好きになって、もし……血の味がものすごく甘
くなっちゃったら。

「……のん」

　で、でも、わたしが空逢くんを好きなのは、ずっと前からだし。

　今さら、血の味がすごく変わるなんてこと、あるのかな。

　気になりすぎちゃうから、今度高嶺先生に聞いてみようかな。

「恋音」

「……はへ？」

　いきなり空逢くんの整った顔が飛び込んできた。

　あ、あれ。いつの間に。

「ひどいなあ。僕といるときに上の空なんて」

「えっ、あっ、ごめんね……！」

　今日は、ずっとこんな調子だから全然ダメ。

　気づいたら自分の世界に入り込んで、周りの人の声が聞こえなくなっちゃう。

「じゃあ、僕のことだけ考えられるように、身体に教えてあげないとね」

　わたしのほうに体重をかけて倒れてきた。

　ギシッと軋む音と、背中にベッドのやわらかい感触。

「ま、まって……っ」

　わたしの部屋着のボタンを外して、首元を指先でなぞってるから──きっと血を欲しがってる。

「もしかして体調悪い？」

「そ、そういうわけじゃ、ないんだけど……」

　特別授業で聞いたことを意識しすぎてるせい。

今まで血の味なんて、気にしたことなかったから。

「それじゃあ、噛んでいい？」

　ここでダメって言うのは不自然だし。

　だから、何も言わずに首を縦に振ると。

　首筋に顔を埋めて、噛むところを探してる。

　やわらかい唇が触れて、ちょっとくすぐったい。

「ん……っ、まだ噛まないの……っ？」

　いつもより、少しだけ時間をかけてるような。

「舐めてるのも好きなんだよね」

「え……っ」

「恋音が可愛い声で鳴いてくれるから」

　舌先でツーッと舐められたり、軽く吸われたり。

　ちょっとした刺激なのに、空逢くんにされてるって意識するだけで、身体が変に反応しちゃう。

「まあ……僕も我慢の限界あるから」

「……っ、ぅ」

　鎖骨の少し上あたり。

　鋭い痛みが走って、グッと深く入り込んでくる。

　ちょっとだけ噛み方が荒いような感じがして、思わずベッドのシーツをギュッと握る。

　首筋に唇を這わせたまま……空逢くんが血を飲んでるのがわかる。

　いつもなら、吸血してるときはだんだん眠くなってきて、何も考えられなくなるのに。

　頭の片隅に、ボヤッと浮かんでいる自分の血の味のこと。

　吸血行為が終わると、血が止まるように空逢くんが噛んだところを舐めてくれる。

「はぁ……。やっぱり恋音の血は甘くていいね」

　"甘い"って単語に、異常にドキッとしちゃう。

「わたしの血って、いつもと味とか違う……？」

　悟られないように、うまく聞いたつもり。

「んー……。まあ、いつも甘いのは変わらないね」

　やっぱり、もともと血が甘いって空逢くんに言われていたから、多少甘くなってもわからないものなのかな。

　……って、安心したのは、つかの間で。

「でも、昔より少しずつ甘くなってるような気もするけど」

「……!?」

「それがどうかした？」

「う、ううん……！　な、なんでもない、です！」

　こ、このままだと、もっともっと血が甘くなって、いずれこの事実を空逢くんに知られたら、大変なことになっちゃう。

　でも、自分の血の味を変える方法なんてわからないし。

　こうなったら、少しでも空逢くんに対する好きって気持ちを抑えなきゃいけない。

誘惑と刺激的な攻め方。

　学園は夏休みに入った。

　今日は、空逢くんのご両親に会いに、お屋敷(やしき)に行く予定。

　毎年、夏休みになると、空逢くんのお母さんがお屋敷に招待(しょうたい)してくれる。

「ど、どうしよう……！　何を着たらいいかなぁ」

　いつもより早起きして、クローゼットにある服と、かれこれ１時間くらいにらめっこしてる。

　髪型もどうしようって、なかなか決まらない。

「そんな心配しなくても、恋音は何を着ても可愛いから大丈夫だよ」

「で、でも、久しぶりに空逢くんのご両親に会うから、変な格好できないし」

　朝からわたしはこんな調子であたふたしてるのに、空逢くんはそんな様子を飽きずに、ずーっと笑顔で見てる。

　空逢くんは、とっくにスーツを着て準備が整ってるっていうのに。

「父さんも母さんも、久しぶりに恋音と会えるの楽しみにしてるみたいだから。いつもどおりの可愛い恋音でいてくれたら、それで大丈夫だよ」

　結局、散々(さんざん)悩んだ結果——真っ白のブラウスにネイビーをベースにした花柄(はながら)のスカートを合わせることに。

「いつもの恋音より大人っぽい色合いだね」

「お、おかしくないかな」

　空逢くんのご両親は、ほんとに優しくて会うのはすごく楽しみなんだけど、やっぱり緊張しちゃうもの。

「すごく似合ってるよ。本音を言うなら、僕だけが独占できたらいいんだけどね」

　スッと片手を取られて、キュッと恋人つなぎ。

「迎えの車が来てるみたいだから、行こうか」

「う、うん」

　こうして、学園を出て車に揺られること約１時間。

　紅花学園の広さに負けないくらいの敷地。

　何度かお邪魔させてもらっているけど、この広さにはいつもびっくりしちゃう。

　大きな門をくぐると、そのまま車でお屋敷のほうまで向かう。

「到着いたしました」

　運転手さんがそう言うと、自動で車の扉が開いた。

　空逢くんが先に降りると。

「足元危ないから気をつけて」

「あっ、ありがとう」

　わたしが車から降りるときも、さりげなく手を貸してくれるのが紳士的。

　目の前にそびえたつのは、まるでドラマの撮影に使われていそうな、ほんとに大きなお屋敷。

　神結家は吸血鬼の中でもかなりの名家だから、やっぱり住んでいるところのすごさも桁が違う。

　わたしは、ただ昔からのつながりで、神結家に仕えてる家系っていうだけで。

　ごく一般の……普通の家の生まれだから。

　やっぱり空逢くんとわたしは、住む世界が違うんだなって思い知らされる。

　同時に、今こうして空逢くんのそばにいられるのは、家同士の関係のおかげなんだって。

　身分差があるのは昔からわかっていて、今さら考えても仕方ないって言い聞かせてる。

　今の自分の立場をわきまえなきゃいけないから。

　空逢くんのことが、どんなに好きでも……伝えられない。

「あら〜、恋音ちゃん久しぶり！　またいちだんと可愛くなって！」

「あっ、お久しぶりです……！」

　お屋敷に入ると、すぐに空逢くんのお母さん──伽夜さんがお出迎えしてくれた。

　伽夜さんは、わたしを本当の娘みたいに可愛がってくれて、いつもお屋敷に行くと、明るく出迎えてくれる。

「空逢も久しぶりね〜。元気そうで安心したわっ」

「僕にはあんまり興味なさそうだね」

「そんなことないわよ〜！　ただ、恋音ちゃんが可愛くて可愛くてねっ。ほら、うちには娘がいないから！」

　横からわたしにギュッと抱きついてくる、お茶目なところもある伽夜さん。

　空逢くんは、普段からすごく落ち着いた性格だけれど、伽夜さんは明るくていつもハイテンション。
「はいはい、僕の恋音に抱きつくのやめて。女の母さんでも恋音に触れるの見てたら腹が立つから」
「あらまあ。自分の息子ながら、相変わらず心が狭いことで」
　ちなみに、空逢くんのお父さんは出かけていて、夕方に戻ってくるみたい。
「今日は泊まっていくわよね？　ふたりの部屋は、いつもどおり用意してあるから、夕食まで少しの間ゆっくりしてるといいわ」
「いつも何から何まですみません……！」
「いいのよ～。恋音ちゃんは家族同然なんだから、遠慮しないでね？」
「うぅ、ありがとうございます」
　伽夜さんに案内されて、今日泊まる部屋へ。
「はい、こっちが空逢の部屋で、隣が恋音ちゃんの部屋ね」
　あれ。いつもは空逢くんと同じ部屋だけど、今回は別々なんだ。
「は……？　いや無理。恋音と同じ部屋じゃないとか意味わかんない。え、僕に死ねと言ってるの？」
「大げさねぇ。寮でいつも同じ部屋なんだから、恋音ちゃんだって、たまにはひとりになりたいわよね～？」
「えっ、あ……わたしは──」
「恋音が僕と離れるの寂しいって。まあ当然だよね。そういうわけで、恋音は僕と一緒の部屋にするから」

　えぇっ。わたし何も喋ってないのに。

　ほぼ強引に、空逢くんが決めちゃってる。

「すごいわね〜。空逢の恋音ちゃんに対する溺愛度が異常に見えるわ〜」

「……異常？　可愛い恋音を溺愛して何が悪いの？」

「はいはい。真顔で言うのやめなさいよ。あんまり愛が重たいと恋音ちゃんに嫌われるわよ〜」

　なんて言いながら、伽夜さんはふらふらっとどこかへ行ってしまった。

「えっと、わたし部屋どうしたらいいかな」

「決まってるでしょ。僕の部屋においで」

　……で、結局空逢くんが使っている部屋へ。

　そして時間が過ぎるのは、あっという間で夕方を迎えた。

　夕食の準備が整ったということで、メイドさんに案内されてダイニングテーブルのほうへ。

「やぁ、恋音ちゃん。久しぶりだね」

「あっ、お久しぶりです……！」

　すでに空逢くんのお父さんと、伽夜さんが席について、わたしたちを待っていた。

　お屋敷に来たときは、いつもこうして４人で食事をするんだけど、相変わらず緊張しちゃう。

「ほんとに恋音ちゃんは、会うたびに可愛くなってるね」

「い、いえっ、そんな……っ」

　空逢くんのお父さんも、伽夜さんも、きっと気を遣って可愛いって言ってくれてるんだ。

「父さん。恋音が可愛いのはわかるけど、僕以外が恋音を可愛いと思うことは許せないんだよね」

「ははっ。空逢は相変わらず恋音ちゃんにぞっこんだな。だが、可愛いと思うのは仕方ないだろう？」

「だったら、父さんの視界に恋音が映らないようにしないとね。まあ、それか恋音を僕以外の視界に映さないように閉じ込めちゃうのも、いい手段だよね」

「お前は、ほんとに昔から恋音ちゃんが関わってくると、頭のネジが数本外れたようなことを言うな？　誰に似たんだろうな？」

「さあ。まあ、少なくとも頭のネジが外れてることを、自覚してるだけ救いだと思うけどね」

　こんな感じで、4人での食事は進んでいき……。

　気づいたら夜の8時を回っていた。

　久しぶりに空逢くんのご両親とお話させてもらって、楽しかったなぁ。

　空逢くんと部屋に戻ろうとしたら。

　伽夜さんが何やら、こっちにおいでって手招きしてる。

「恋音ちゃんのためにとっておきのもの用意しておいてあげたから、お風呂の時間楽しんでね♡」

「とっておきのもの……ですか？」

　いったいなんだろう??

「すごーく癒されるものだからっ。あと、恋音ちゃんの着替えもバッチリ可愛いの用意しておいたからね〜」

「あ、ありがとうございます……！」

　伽夜さんと話していたら、空逢くんがお父さんに呼ばれて書斎のほうへ行くみたいなので、ひとりで部屋に戻ると。

　しばらくして、メイドさんがやってきた。

「失礼いたします。お風呂の準備が整いました」

「あっ、はいっ」

「伽夜さまから、ローズのアロマをご用意するようにとのことでしたので、ご用意させていただきました」

「そうなんですね……！　ありがとうございます」

　空逢くんは、まだ戻ってこなさそうだし。

　先に入ってもいいかな。

　あっ、でもそういえば着替え……。

　さっき、伽夜さんが用意してくれるって言っていたけど。

「着替えのほうでしたら、のちほどわたくしのほうが、こちらにお持ちしますので」

　何も聞いてないのに答えてくれるなんて、メイドさんエスパーみたい。

「じゃ、じゃあ……よろしくお願いします……！」

　髪をゆるく、ひとつにまとめて、お風呂のほうへ。

　お風呂の扉を開けてびっくり。

「えっ、うわぁ……すごい」

　真っ白のバスタブにバラの花びらが浮いていて、アロマのいい匂いがする。

　もしかして、さっき伽夜さんが言っていた"とっておきのもの"って、これのことだったのかな。

　ローズの香りが広がって、ゆっくり浸かっているとすご

く癒されるなぁ。

　身体も少しずつ温まってきて、入ってから30分くらいが過ぎたころ。

　長く浸かりすぎたせいか、気分がボーッとしてきた。

　アロマに夢中になりすぎて、のぼせたかな……。

　湯船から出て立ち上がると、グルグル景色（けしき）色が回ってる。

　あ……これは早く出ないとまずい……かも。

　ふらつく足取りで、お風呂の扉を開けて出ると、ひんやりした空気が触れて気持ちいい。

「えっと……着替え……」

　バスタオルと一緒に置かれていた部屋着。

　胸元がレースになっているキャミソールと、その上に薄手の羽織（はお）るもの。下は、脚がすごく出る短いズボン。

　頭がぽわぽわしてる状態で、とりあえず用意してもらったものに着替えて、なんとか部屋のほうへ。

　ベッドの上にドサッと倒れ込んで目を閉じると、まだグルグル回ってるような変な感覚。

　そして、そこから20分くらいが過ぎたのに、クラクラしてる状態は変わらない。

「……恋音？　戻ってきてる？」

　あれ、空逢くんの声がする。

　目を開けて、視点を合わせようとしてもボヤッとしてる。

　わたし、どこか具合悪いのかなぁ……。

「どうしたの、体調悪い？」

「ん……。お風呂入ってから、ずっとふわふわしてる……」

「もしかして、のぼせた？」

「わか、んない……」

　心配そうな声のトーンで、優しく抱きしめてくれた。

　空逢くんにギュってされると、やっぱりすごく安心する。

「伽夜さんが、お風呂にアロマ用意してくれた……の」

「アロマって、まさかローズの？」

「うん……」

「いや、あれ使っちゃダメなやつだし。たぶん母さん知らずに使ったんだと思うけど」

「……？」

「それで恋音の身体が、おかしくなってるわけね」

　空逢くんだけ原因（げんいん）がわかっているみたいで、ひとりで完結（かんけつ）しちゃってる。

　おまけに、頭を抱えてため息もついてる。

「わたしの身体、おかしくなってるのかな」

「そうだね。アロマには特殊な成分が含まれてることもあるから」

　どうやら、気分がボーッとしてるのはアロマが影響してるみたい。

「恋音には、ちょっと刺激が強いものだったかもね」

「これ、どうしたら治る……の？」

　クラクラしてるのは変わらずで、少しずつだけど身体の内側がジンッと火照ってきてるような感覚。

「んー……。じっとしてられたらいいんだけど。そろそろ効果がきいてくるだろうから」

　優しく頬に触れられて、いつもならなんとも感じないはずなのに。

「ひゃっ……ぁ……」

　全身がピリッとして、身体が少しピクッと跳ねる。

　それに、さっきより一気に身体の熱がグーンッとあがってる気がする。

「あー……まずい。効果が出てるね」

　ドクドク激しく脈打ってる。

　こんな熱いの、知らない……っ。

　どうにかしてほしいのに、自分じゃどうすることもできないもどかしさに襲われて。

「ぅ……ぁ、お……みず」

「水が欲しいの？」

　すぐに、お水の入ったペットボトルを持ってきてくれた。

　ベッドに横たわったまま、空逢くんが飲ませようとしてくれるけど。

　ペットボトルを口にあてられても、うまく飲めなくて口の端からこぼれていくだけ。

「ん、飲め……ない」

「じゃあ、僕が直接飲ませてあげるから」

　空逢くんが、お水を口に含んでるのが見えて。

　そのまま、わたしの上に覆いかぶさってきて。

「ん……んんっ……」

　唇が触れた途端――今まで感じたことない刺激に襲われて、熱がどんどんあがってくる。

　誘うように口をこじあけられて、中に冷たい水が流れ込んでくる。

　しばらく唇を塞がれたまま。

　いつもなら、触れるだけのキスじゃおわらないのに。

　わたしが、お水をしっかり飲みこんだのがわかると、ゆっくり離れていっちゃう。

　ほんとなら、これで満足するはずなのに。

「もっと……ちょうだい……っ」

「お水が足りないの？」

「ううん……。そあくんのキスが、足りない……の」

　あれ、わたしすごく大胆(だいたん)なこと言ってる？

　普段なら、ぜったい口にしないようなことを口にしてるような。

「恋音は僕の理性をぶち壊すのが得意みたいだね」

「っ……？」

「まあ、いいや。恋音が満足するまで、好きなだけしてあげる」

　それから、キスをたくさんしてくれて。

　わたしが落ち着くまで、ずっと抱きしめてくれて。

　でも、身体がまだちょっと熱い状態が続いてる。

「もう、こんなのやだぁ……」

「うん、つらいね。もう少し我慢できる？」

　ベッドに身体を倒したまま。

　空逢くんが、優しく背中をポンポンしてくれる。

「できない……っ。そあくんなんとかして……っ」

　空逢くんの腕にギュウッと抱きつくと、ため息をついて頭を抱えちゃってる。

「はぁ……何この状況。やわらかいのあたってるし」

「やわらかい、の……？」

「あー……襲いたい、恋音のぜんぶ欲しい」

　何かを吐き出すように、はぁぁぁとさらに大きなため息をついてる。

「さっき、あれだけたくさんキスしてさ。手出してない僕って、すごいと思うんだよね」

「……？」

「ってか、その格好もさ……。胸のところ見えてるし、脚もすごく出てるし」

「伽夜さんが用意してくれて。こんなに可愛いの、わたしには似合わない……かな」

「ううん、死ぬほど似合ってる。ただ、僕の前だけにしてね、そんな誘惑するような格好は」

　そっと軽く触れるだけのキス。

　さっきまで、もっとしてくれていたのに。

　すぐに離れていっちゃうから、自分から唇を合わせるようにチュッてしたら。

　空逢くんが目を見開いて、一瞬だけピシッと固まって。

「あーあ……。そんな煽るようなことして」

　触れていただけだったのに、さっきみたいにグッと深く押しつけてくる。

「……やっぱり我慢するのやめていい？」

「え……っ」

「胸のとこ……いい感じに見えてるから噛みやすいね」

　お腹を空かせたオオカミさんみたいに、とても危険な瞳をしてる。

「……たくさん噛ませて。僕が満足するまで」

「どこ、噛むの……？」

「決まってるじゃん。このやわらかいとこ」

「ひゃ……、ぅ……」

　薄手の羽織りを少し脱がされて、指先で軽く左胸のところに触れてきてる。

「ほんと可愛い反応ばっかりするね」

　胸のところに唇をあてて、舌で慣らすようにツーッと舐めて。

「あー……やわらか」

「っ……ぅ」

　鋭い痛みが深く入り込んでくる。

　やっぱり、皮膚がやわらかいところは痛みが強い。

　手に力が入って、ギュッと握ると。

　それに気づいて、スッと手を取ってつないでくれる。

「はぁ……恋音の血って、ほんとに甘いね。僕のほうがおかしくなりそう」

「そんな、強くしないで……っ。痕が残っちゃう……」

　強く吸いついて、噛み方が少し荒い。

「そのお願いは聞けないなあ」

　フッと笑ったときに見えた……鋭い八重歯。

　自分の唇の端をペロッと舐めて、見下ろしてくる瞳は、ちょっと熱を持ってる。

「ここの痕……僕しか見えないもんね」

「は、恥ずかしい……よ」

「煽ったのは恋音でしょ。まだやめないから、覚悟してね」

　たくさん血を吸われてるせいか、身体に力が入らなくなって、気づいたら意識が飛んでいた。

　翌朝……窓から入ってくる、まぶしいくらいの日差しで目が覚めた。

「ん……あれ、もう朝……？」

　ゆっくり目を開けると、真っ先に飛び込んできたのは空逢くんの綺麗すぎる顔。

「……起きた？　おはよう」

「あっ、お、おはよう……っ」

　朝からこんな至近距離で見つめられて、眠気が一気に覚めたような気がする。

「相変わらず寝顔も可愛いね」

「ず、ずっと見てたの……？」

「うん、もちろん。寝ずにずっと見てたよ」

「えっ、寝てないの？」

「この状況で寝られるほどの余裕は、僕にないからね」

　そっか。空逢くん昨日から寝てないんだ。

　心なしか、顔色があんまり良くないから心配。

「気分はどう？　今はなんともない？」

「う、うん……。あっ、でも……昨日お風呂出てからの記
憶があんまりなくて」

　クラクラしてたところだけ覚えていて、そこから先がぼ
んやりしか残ってない。

「へぇ……覚えてないんだ？」

　あれ、あれれ。どうして、そんな愉しそうに笑ってるの？

　ほんの少し前まで、体調悪そうに見えたのに。

「じゃあ、思い出させてあげよっか」

「へ……？」

　抵抗できないように、ベッドに両手を押さえつけられて。

　真上に覆いかぶさってきてる。

　ふと、目線を自分の胸元に落としてびっくり。

「え、あっ……えっ」

　ギリギリ、キャミソールで隠れる位置に真っ赤な痕がた
くさんあって、際どいところにもいくつか残ってる。

「胸のとこ……たくさん紅い痕残ってるね」

「こ、これ残したの……」

「僕しかいないでしょ」

「う……っ」

「昨日の夜の恋音……可愛かったなあ」

　クスクス笑いながら、悪気もなさそうに紅い痕のところ
を指先でなぞって。

「どこ触っても、いい反応ばっかりするから」

「やっ……」

「ほら、またそーやって無意識に煽って」

　空いてるほうの手が、スッと太もものあたりに伸びて。

　遊ぶような手つきで、絶妙な力加減で触れてくる。

「……たっぷり恋音の身体可愛がってあげるから」

　それから、部屋に誰も呼びに来ることはなくて。

　時間の許す限り。

「んん……っ、そあ、くん……っ」

「……ほら、もっと口あけて」

「はぁっ……ぅ」

　甘い時間が続いた──。

好きってバレちゃダメ。

まだ学園は夏休み中。

今日は、碧架ちゃんとふたりでお出かけです。

なんでも最近、海沿いにカフェがオープンして、そこで食べられるふわふわのパンケーキが人気みたい。

碧架ちゃんと、夏休み中に行きたいねって話していて、それがやっと実現した。

夏休み中なのでお店は結構並んでいたけど早めに来たので、少し待ったら席に案内してもらえた。

「それにしても、あのバカ王子がよく外に出るの許してくれたわね〜」

「うーん……かなり反対はしてたけど……。納得してもらうのに30分くらいかかったかな」

「そんなに粘るなんて、しぶといわね。どれだけ恋音と離れるの嫌なのよ」

出かける準備をしていたときも、ずっとわたしにベッタリ引っ付いたまま。

出かける直前になっても、なかなか離してもらえず。

結局、かなり渋々だったけど、一緒に出かけるのが碧架ちゃんだから、なんとか許してもらえた。

「しかも、ちょっと学園の外に出るってだけで、運転手兼、ボディーガードつけてくるとか、過保護にもほどがあるでしょ」

　空逢くんからの条件として、ボディーガードの人をつけて、移動はぜったい車ですることって。

　ちなみに、ボディーガードさんは車で待機中。

　何かあれば、すぐに駆けつけてくれるそう。

　本来なら、立場的にわたしは守ってもらう資格ないのに。

「学園でも寮でも、うざいくらい恋音にベッタリしてるんだから、少しは自重するべきよね」

「でも、空逢くん心配してくれてるから」

「アイツの場合、心配というより監視みたいなものでしょ」

　こんな会話をしていたら、注文したパンケーキが運ばれてきた。

　すごく綺麗に焼き目がついているふわふわのパンケーキの上に、たっぷりの生クリーム。

「わぁぁぁ、美味しそうっ！」

　ひとくち食べると、ほっぺが落ちちゃいそうなくらい、とっても美味しい！

　そのままパクパク食べ進めていると。

「ほら、恋音。口元にクリームついてるわよ？」

「ふえ？」

　夢中になって食べていたせいで、全然気づかなかった。

「はい、おしぼり。恋音は、おっちょこちょいなところあるわよね」

　そういえば、前に空逢くんと生徒会室でケーキを食べたときも、口にクリームつけちゃって。

　それで、空逢くんに……。

　はっ、ダメダメ……！！

　思い出しちゃダメなやつだ……！

　ポンッと、あの日の甘すぎる出来事が浮かんでしまって、忘れるためにブンブン首を横に振る。

　うぅ……思い出さないようにしたいのに、空逢くんにされたことが、頭の中から離れない。

「どうしたのよ、そんな真っ赤な顔して」

「ふへ……!?　わ、わたし真っ赤!?」

「ものすごーく赤いわよ」

　慌ててパッと顔を隠すように両頬に触れると、しっかり熱を持っていた。

「さては、あのバカ王子にされたことでも思い出してたんでしょ？」

　ギクッ……。碧架ちゃん鋭い……！

「ほんとわかりやすいわね〜。アンタたちのラブラブは、今に始まったことじゃないけど」

「ラブラブ……では、ないよ？」

「いやいや、あれだけイチャイチャしててよく言うわ。アンタたち、周りから憧れのカップルって言われてるの知らないの？」

「カップル？　えっ、わたしと空逢くんは付き合ってないよ……？」

「それって恋音がそう思ってるだけで、バカ王子は付き合ってると思ってるかもしれないわよ。そうじゃなきゃ、あの溺愛度は異常でしょ」

「だ、だって、空逢くんに好きって言われたことないし。それに、空逢くんがわたしに構ってくれるのは、きっと契約してる相手だからで……」

　特別な感情があるわけじゃない……と思う。

　というか、そうやって言い聞かせないと、変に期待しすぎるのは、よくないから。

「いや……あれで好きじゃなかったら、アイツただの頭おかしいやつじゃない。でも、恋音はアイツのこと好きなんでしょう？」

「う、うん……」

　これは、昔からずっと変わらない。

　ただ、想いを伝えられないまま。

　きっと、伝えるチャンスはたくさんあったけど。

　やっぱり心のどこかで、空逢くんとわたしは住む世界が違うんじゃないかって、引っかかったりもして。

　もちろん、今の関係を壊してそばにいられなくなるのが、いちばん嫌だから。

「それなら、恋音が好きって伝えたらいいじゃない」

「そ、そんなのできないよ……！」

「どうしてよ。そんな目立つようなところに痕残すくらい、恋音のこと独占したいと思ってる男なんだから、好き以外の選択肢ないでしょ」

「痕って？」

「髪で微妙（びみょう）に隠れてるけど、首元にたくさん紅い痕残ってるわよ」

「え……えっ!?」

　普段あんまり首元を意識して見ないから、碧架ちゃんに指摘されて鏡を見てびっくり。

「付き合ってなかったら、どういう感情でアイツがこんなことしてるのか聞きたいわ」

　それは、わたしにもわからないことで。

　空逢くんが、わたしに触れたりしてくるのは、いったいどういう感情があるからなんだろうって。

　今まで核心に触れることはないまま。

　……だったはずなんだけど。

　思わぬかたちで、空逢くんが思っていることを耳にしてしまうなんて――。

　長かった夏休みが明けて数日。

　今日は、久しぶりに生徒会メンバーで集まる日。

　空逢くんと生徒会室に向かったのはいいんだけど。

「あっ、どうしよう……」

「どうしたの？」

　会議の準備をしようとしたら、あるものがないことに気がついた。

「えっと、今日の会議で使う資料が入ったクリアファイルを、教室に置いてきちゃって」

　カバンにしまったと思い込んで、そのまま机の中に忘れてきたみたい。

　教室まで取りに戻らないと。

　さいわい、会議が始まる時間まで20分くらいあるし、紫藤くんも黒菱くんもまだ来ていない。

「そっか。それじゃあ、僕が取りに行ってくるよ。恋音の机の中にありそう？」

「だ、大丈夫……！　忘れてきたのはわたしだし、空逢くんに取りに行ってもらうの悪いよ……！」

「僕は別に平気だよ。それとも一緒に取りに行く？」

「う、ううん！　急いでひとりで取ってきます……！」

「ほんとにひとりで大丈夫？」

「うん！」

「ほんとに？」

　やっぱり過保護な空逢くん。

　すごく心配だよって、表情で訴（うった）えてきてる。

「ここから教室までそんなに遠くないし、すぐに戻ってくるから！」

「じゃあ、何かあったら僕に連絡するって約束ね」

「う、うん！」

　たぶん何もないと思うけど。

　空逢くんの心配性っぷりは、相変わらず。

　教室に着いて自分の机の中を覗いてみると、案の定ピンクのクリアファイルが1枚だけ残っていた。

　まだ5分ちょっとしか経っていないから、これなら会議にも間に合いそう。

　腕時計で時間を確認して、ダッシュで生徒会室へ。

　着いてみると扉が、わずかに開いていた。

　うまく閉まらなかったのかな？なんて思いながら、扉の
ノブに手をかけると。
「ってか、会長と漆葉先輩って、付き合ってるんじゃない
んですか？」
　これは紫藤くんの声だ。
　思わず手をピタッと止めて、その場に固まる。
　空逢くんは、なんて答える……のかな。
「……付き合ってはいないよ」
　そうだよね……。これは、わかりきっていたことで、別
に何もショックを受けることもないのに。
　胸のあたりが、チクッと痛かった。
「それは意外ですね。てっきり付き合ってるのかと思って
ましたけど。それに、契約してましたよね？」
「そうだね」
　この学園では、契約してる吸血鬼と人間は好き同士って
いうケースがほとんどだから。
「周りも完全に、ふたりは付き合ってるって噂してるくら
いですし」
「噂っていうのは勝手にひとり歩きして、膨れていったり
するものだからね」
　ふたりの会話に、ただひたすら耳を傾けるだけ。
　空逢くんは、いつもと変わらず浮き沈みのない声のトー
ンで、淡々と話している。
「じゃあ、どうしてふたりは契約してるんですか？」
「まあ……家のしきたりがあるからね」

　あぁ、やっぱり。

　空逢くんが、わたしとずっと契約してる理由は、これだったんだ。

　最初からわかりきっていたことだったけど、いざ空逢くんの口から聞くとつらいもの。

「しきたりですか。周りからは憧れのカップルなんて騒がれてますけど、結構複雑な理由があったりするんですね」

「今日の櫂は、珍しくいろいろと聞いてくるんだね」

「いえ、ふと気になっただけなんで。だとしたら、会長の漆葉先輩への溺愛って狂ってますよね」

「そう？」

「まあ、会長の頭がおかしいのは承知してるんで、あんまり深くは聞きませんけど」

　ひとりでポツリと立ち尽くして、胸のあたりがさっきからずっと痛い。

　気持ちの一方通行が、あらためてはっきりした。

　やっぱり好きって気持ちがあるのは、昔からずっとわたしだけ。

　空逢くんからしたら、わたしはただの契約相手。

　もしこの先……空逢くんに好きな女の子ができて、わたしと契約を解除したいって言われたら。

　わたしには拒否する権利もないし、ただ離れることを選ぶしかない。

　吸血鬼の名家である、神結家の言うことには逆らえないから。

　今まで引っかかってはいたけれど、目を背けていたわたしたちの関係。

　付き合ってないけれど、触れて求められて、恋人みたいなことをして。

　契約をしてるからこそ、ずっとそばにいられるけれど。

　ただ、そこに気持ちがないから、関係が終わる瞬間は、ほんとに一瞬のような気がして。

　いろいろと考えていたら、泣きそうになっちゃう。

　今、ぜったい不安そうな顔してるし、作った笑顔を貼りつけられる自信もない。

　どうしよう……。本音を言うなら、今すぐここから立ち去りたいけど。

　会議もあるし、戻らないと空逢くんにも心配をかけてしまう。

　でも──。

「……どーしたんですか」

　すぐそばから声が聞こえて、かなりびっくりした。

「え、あ……黒菱、くん……」

「……中、入らないんですか？」

「あ……っ、えっと……」

　どうしよう……。黒菱くんは、今ここに来たばかりで何も事情を知らないわけで。

　言い訳が浮かばず、言葉に詰まっていると。

「……何かありましたか？」

「っ……」

　情けない……。ここで、嘘でもいいから何もないよ、大丈夫って言えたらいいのに、できないなんて。

「俺、先に入りますね。会長にはうまく言っておくので、よかったらこのまま帰ってください」

「え、でも……っ」

　何も話していないのに、何かを察してくれたのか理由も聞かずにこんなこと言ってくれるのは、黒菱くんの気遣いだと思う。

「ゆっくり休んでください。あと、これって会議に使う資料ですか？」

　わたしが手に持っているクリアファイルを指さしてる。

　無言で首を縦に振ると、それをさらっと取って。

「じゃあ、これあずかります。今日の仕事は俺のほうでやっておくので」

　そのままペコッと軽くお辞儀をして、中に入っていった。

　わたしのほうが先輩なのに、黒菱くんの言葉に甘えさせてもらうなんて……。

　そこから、ひとりでふらっと寮の部屋へ帰った。

　もう何年も続いてきた関係なんだから、割り切っているはずだったのに。

　わたしが、どんどん空逢くんを好きになってるから。

　これ以上、欲張りになっちゃいけないって思いながらも、どこかで期待している自分もいたり……なんて。

　どんなに期待したって、空逢くんとわたしの関係は家柄で契約してる同士ってだけなのに。

　ソファに倒れ込み、ボーッと天井を見上げる。

　泣きたくもないのに、涙のせいで視界がボヤッとしてる。

　目をギュッとつぶると、瞳にたまった涙が目尻から流れ落ちていく。

　空逢くんは、間違いなく何かあったことを察すると思う。

　スマホの電源も落としているから、帰ってきたら何かあったのって聞かれるかな。

　どれだけ言い訳を考えようとしても、全然浮かばない。

　いっそのこと、もう何も考えずに眠ったほうがラクなんじゃないかって。

　目を閉じたまま……一度眠りに落ちた。

　あれから、どれくらい時間が経ったんだろう。

　頬に何か触れてるような感じがして、眠っていた意識が徐々に戻ってきた。

　ゆっくり目を開けると、真っ先に飛び込んできたのは──。

「……恋音、どうしたの。大丈夫？」

　優しい手つきで、わたしに触れて心配そうな顔をしてる空逢くんだった。

「璃来から体調がすぐれないから帰るって聞いたけど。もしかして、今日体調悪かったのに無理してた？」

　急に生徒会の仕事を休んだことに怒るどころか、わたしの体調を心配してくれるなんて。

　どうして、空逢くんは"ただの契約相手"のわたしに、ここまで優しくできるの……？

「……涙の跡がある。もしかして、泣いてたの？」

「っ……」

　今は、こうして優しくされるのが、すごくつらい。

　きっと、今まで空逢くんに対する気持ちに線引きできる瞬間は、たくさんあった。

　それをしてこなかったのは、今の関係のままでも空逢くんのそばにいたいと思ったから。

「恋音……？」

「……やっ。さ、触らない……で」

　でも、この関係がいつまでも続くと思ったら大間違いで。

　だったら、自分の中で空逢くんへの気持ちに踏ん切りをつけなきゃいけない。

「ご、ごめんなさい……っ。今日は、ひとりで奥の部屋で寝ます……っ」

　理由も何も言わずに、こんなふうに逃げるのは違う。

　優しい空逢くんは、無理やり理由を聞いてこない。

　でも、こうして拒否したことで、ぜったいに傷つけてしまった。

　だからって、なんともないフリをして、いつもみたいに空逢くんに触れられるのも、きっと耐えられないと思う……。

　うまくいっていたはずの、わたしたちの関係に……少しずつ綻びが見えてきた。

第 4 章

嫌われても仕方ない。

　翌朝——目が覚めると、ひとりで眠っていた。

　というか、ほとんど眠れなかった。

　いつも、空逢くんがそばにいたから、安心して眠れていたのかもしれない。

　あまり使っていない奥の部屋のベッドは、ひとりで寝るには広すぎた。

　昨日の夜、あれから奥の部屋に閉じこもったわたしに、空逢くんは何も聞いてくることはなかった。

　ただ、同じ部屋で生活をしているから、ずっと避け続けるわけにもいかない。

　空逢くんからしてみれば、わたしが急に理由も言わずに泣いて避けているから、何が起こっているか理解できないと思う。

　朝、顔を合わせたら、いつもどおり接することができるかな……。

　ちょっと不安を抱えながら、制服に着替えをすませて空逢くんがいるであろう部屋のほうへ。

　時間的に、まだいると思ったんだけど。

　扉を開けると、シーンと静まり返っていて、誰かいる気配もない。

　もしかして、もう学園に行ったのかな……。

　ふと、テーブルのほうを見ると、ラップに包まれた朝食

が置かれていた。

　すぐそばには【おはよう。きちんと朝ごはん食べるんだよ。無理しないようにね】と、綺麗な字で書かれたメモがあった。

　昨日、わたしがあんな態度を取って、ほんとならケンカした状態になってもおかしくないのに。

「なんで、こんなに優しいの……っ」

　ひとりつぶやいた声は、静かな空気に呑み込まれた。

　そんな中、空逢くんがしばらく学園を離れることが決まった。

　理由は、もうすぐ学園で行われる行事scarlet bloodがあるから。

　年に一度だけ契約が解除できる日は、吸血鬼と人間の平和条約で定められていて、国が決めていること。

　かなり大きな行事なので、空逢くんは学園の代表として会合に出席しないといけない。

　あとは、お屋敷のほうに帰る用事も重なって、約2週間ほど学園には帰ってこない……みたい。

　その間、空逢くんと顔を合わせることもなくなる。

　いちおう明日から学園を出る予定。

　今の時刻は、夜の9時を過ぎた頃。

　空逢くんは、しばらく寮を離れるから荷物の準備をしている。

　わたしは、その様子をただ後ろから見ているだけ。

　ほんとなら、何か手伝うことないって声をかけたほうが
いいんだろうけど。

　ここ数日ギクシャクしてるのもあって、うまく話しかけ
られない。

　空逢くんも、わたしに気を遣っているのか、会話も必要
最低限のみ。

　今も、お互い同じ空間にいるのに、とくに会話もないま
ま。

　……のはずだったんだけど。

　急に空逢くんが、こちらを振り返った。

「ごめんね。しばらく恋音のそばを離れることになって」

「う、ううん……。だいじょうぶ、だよ」

「学園にいない間は、あまり連絡も取れないから、ごめんね」

「わ、わたしのほうは心配しなくていい……よ。空逢くんは、
その……血とか大丈夫……かなって」

　2週間も吸血をしないなんて、倒れるどころか命の危険
もあるかもしれない。

　空逢くんは、わたしと契約してるから、他の人間の血を
飲むことはできないし。

「それなら心配いらないよ。タブレットでなんとかするか
ら。いつもより多めに常備してるし」

「で、でも……前からずっと、タブレットあんまり効果な
いって……」

　普通の吸血鬼は、タブレットを服用すれば吸血したとき
と同じ効果が得られるはずなんだけど。

　空逢くんが特殊なのか、タブレットがいつもあまり効かない。

「……そうだね。ただ、少しずつタブレットでも慣らしていかないとね。いつまでも恋音の血ばかり頼ってるわけにもいかないし」

　きっと、こう言ってくれたのは、空逢くんなりの気遣い。

　でも……とらえ方を変えるなら、わたしはいらないから大丈夫だよって言われてるみたい。

　ひねくれすぎ……かな。

「僕がいない間は、屋敷から使いの者とボディーガードをつけるから。何かあったら頼るといいよ」

　優しくて心配性な空逢くんは、わたしが危ないことに巻き込まれないように、ここまでしてくれる。

「少しの間、恋音に会えなくなるのは寂しいね……。恋音は平気？」

　全然平気じゃない。

　だけど、そばにいても、いろんなモヤモヤが膨れていくだけ。

　そばにいたいような……いたくないような……矛盾するふたつの気持ちが隣り合わせ。

「……って、ごめんね。こんなこと聞いて。明日の朝には、ここを出る予定だから」

　黙り込んだわたしを責めたりもせずに、優しく頭をポンポン撫でてくれる。

「今日はもう寝てて。僕はまだ準備が残ってるから。おや

すみ」

　そして翌日。

　目が覚めると、すでに空逢くんは部屋を出ていて、代わりにお屋敷からきたメイドさんと、いつもの運転手兼ボディーガードの男の人がいた。

　朝食はメイドさんが用意してくれて、寮から学園に向かうまではボディーガードさんが一緒。

　今日から約2週間、空逢くんがそばにいない生活がスタートするんだ。

　ボディーガードさんは、さすがにクラスまでついてくることはできないので、門をくぐるところまで。

「恋音さま。お気をつけて」

「あ、ありがとうございます」

「授業が終わる時間は把握しておりますので。その時間になりましたら、ここまで迎えに参ります。どうか、おひとりで帰ることはやめてください」

「わ、わかりました」

　たぶん、前にわたしが実家に帰った雨の日に、無理やり頼み込んでひとりで帰って、空逢くんに怒られたことがあったから。

　ボディーガードさんは悪くないけど、空逢くんにいろいろ言われたのかもしれない。

　こうして、ひとりで門をくぐり教室へ。

　いつもなら碧架ちゃんが声をかけてくれるけど、どうや

らまだ来ていないみたい。

　席に着いて、準備をしていると。

「恋音ちゃん、おはよー。あれか、空逢は今日から休みなんだっけ？」

　透羽くんが声をかけてくれた。

「う、うん。しばらくお休みかな」

「へぇ、そっか。それで、俺にいろいろ言ってきたわけか」

「いろいろ？」

「空逢がいない間、恋音ちゃんのそばには誰もいないわけでしょ？　つまり、これをチャンスだと思って狙ってくる輩（やから）がいるわけだよ。そういうやつから守るのが、俺の役目（やくめ）みたいなね」

「ど、どうして？」

「空逢に頼まれたんだよね。空逢がいない間、恋音ちゃんが困ってたり、何かあったらぜったい助けてほしいって。あとは、変な男が寄ってこないか見張ってろって」

「そ、そうなんだ」

　空逢くんは、透羽くんに対する態度が冷たかったり、ほんとに仲いいのかなって思うこともあるけど。

　なんだかんだ、いちばん付き合いが長い友達だろうし、透羽くんのことをいちばん信頼しているのかな。

「まあ、俺にしか頼めないんだろうね。ほら、他のやつらは恋音ちゃんを狙ってるオオカミばっかりだから」

「オ、オオカミ……」

「あっ、ちなみに俺は狙ってる子がいるから安心してね。

恋音ちゃんには何もしないから」

「それって、小桜さんのこと?」

「そうそうー。もう可愛くて仕方なくてさ。なかなか素直になってくれないし、俺のものになってくれないの」

「そうなんだ」

　あんなに女の子にモテモテの透羽くんに、堕とせない女の子がいるなんて。

　よほど小桜さんのことが好きなのか、口元すごくゆるんでるし、やわらかい顔で笑ってる。

「それにしても、ほんとに空逢は恋音ちゃんに一途だよね。ものすごく大事にしたい存在っていうのが、伝わってくるっていうかさ」

　そう言ってもらえるのは、うれしいけど。

　ただ、今は少しだけ複雑……かな。

「まあ、空逢がいない間、何か困ったことあったら俺に言ってね。恋音ちゃんに何かあったら、間違いなく俺殺されるからさ」

「う、うん。ありがとう」

　しばらくしてホームルームがスタート。

　担任の先生から、空逢くんが今日から約2週間お休みということが告げられた。

　空逢くんがいないだけで、1日がすごく長く感じる。

　まだ、離れてほんの数時間しか経っていないのに。

　そして、やっと迎えたお昼休み。

「恋音、大丈夫？ なんだか元気なさそうだけど」

「う、うん」

「あのバカ王子も、そばにいたらうるさいけど、いざいなくなってみると静かなものね」

　今こんな状態なのに、この先ほんとに大丈夫かな。

　空逢くんが帰ってくるのは、まだ先なのに。

「恋音は寮でひとりなんでしょ？ 寂しかったりしないの？」

「さ、寂しい……けど。でも、今は空逢くんと一緒にいるのも、ちょっとつらく感じるときもあって……」

　この前の、紫藤くんとの会話を気にして。

　それで、空逢くんのこと避けちゃって。

　でも、今こうして離れると、寂しいって思うわたしの気持ちは、どこまでも矛盾だらけ。

「どうしたのよ、そんなしょんぼりした顔して。恋音が元気ないと心配になるじゃない」

「ご、ごめんね……っ。碧架ちゃんに心配ばっかりかけちゃって」

「謝ることじゃないわよ。恋音はすごくいい子で、ひとりで抱えちゃうクセがあるから。悩みがあるなら、打ち明けることも大切よ。わたしでよければ、いつだって話聞くからね」

「あ、碧架ちゃん優しすぎるよぉ……」

「恋音が落ち込んでたら助けてあげたくなるでしょ？ どうせなら今だけ特別に、わたしがいる女子寮に恋音がこら

れないのかしらね〜。そうしたら、わたしの部屋に泊めて
あげるのに」

　いちおう学園のルールとして、特別寮にいる生徒は、契
約をしていない生徒がいる女子寮、男子寮には許可がない
限り入ることは許されていない。

　逆も、もちろんダメで、契約していない生徒が許可なく
特別寮に入ることも禁止されている。

「まあ、恋音の場合は特別寮のさらに特別枠みたいな別の
場所にいるから、女子寮に泊まる許可は下りないわよね」

「難しそう……なのかな」

「そもそも、あのバカ王子が許可しないでしょうね。まあ、
もし寮でひとりで寂しくなったら、いつでも連絡ちょうだ
いね。電話ならいくらでも話せるだろうし」

「うぅ、ありがとう……っ」

　わたしって、ほんとに周りの人たちに恵まれてるなって
つくづく思う。

　こんな感じで数日が過ぎていき。

　何も変わらない毎日の繰り返し。

　朝起きたらメイドさんがいて。ボディーガードさんに学
園から寮まで送り迎えしてもらって。

　学園では、いつもと変わらず碧架ちゃんや、透羽くんが
話しかけてくれて。

　ただ……そこに空逢くんはいない。

　空逢くんが学園を離れた数日でわかったことが、たくさ

んあった。

　いつも使っているはずの部屋なのに、ひとりでいたらこんなに広かったんだとか。

　学園から帰ってきて、部屋にひとりでいる時間がものすごく長く感じたり。

　美味しいはずのごはんも、ひとりでポツンと食べていたら、そんなに美味しく感じなかったり。

　ひとりで眠るベッドが異常に広く感じて、すぐに眠りにつけなかったり。

　結局――わたしは、空逢くんがそばにいないと全然ダメなんだって、あらためて気づかされた。

心の距離と迫る危険。

　空逢くんと離れて1週間が過ぎた。

　ここ最近わたしの頭の中は、常に空逢くんのことでいっぱい。

　いちばんは、空逢くんが体調を崩していないか、すごく心配してる。

　万が一、空逢くんに何かあった場合は、契約してる相手のわたしに連絡が来るはずだから。

　それが来ていないってことは、大丈夫なんだろうけど。

　反対に、わたしのほうが体調を崩している始末。

「恋音さま。本日も夕食は召し上がらないのですか？」

「すみません……。あまり食欲がなくて」

　メイドさんが食事の準備を毎日してくれるのに、食べる気分になれない。

「そうですか……。ここ数日あまり食事をとられていないので、体調のほうが心配です。何か食べやすいもの……果物などご用意しましょうか」

「だ、大丈夫です。お昼も軽く食べましたし」

「ですが……」

「今日は、ちょっと疲れたので、もうこのまま寝ます。心配ばかりかけてしまってごめんなさい……っ」

　早めにベッドに入っても、ちっとも眠れない。

　気づいたら、平気で深夜の2時を過ぎてるような毎日。

　朝起きても、あまり寝た感じがしない。

　毎日ボーッとしちゃって、授業中もそんな感じが続いてしまい……。

「……のん！」

「……」

「恋音！　危ない!!」

「……えっ」

　碧架ちゃんの焦った声が聞こえたと同時――頭にドンッと何かが当たった。

　目線を下に落とすと、バレーボールが地面をコロコロ転がっている。

「恋音、大丈夫!?」

「あ……、うん」

　いけない。今は体育の授業中だっていうのに、コートの中でボーッと突っ立っていたせい。

　相手チームの子が打ったサーブボールが、運悪くわたしの頭に当たったみたい。

　一瞬、視界がクラッとしたけど、ここで倒れちゃったら周りに心配をかけてしまう。

　意外とボールの当たりが強かったのか、ジーンとした痛みが続いてる。

　自業自得かな。

　こんなことになるなら、大事を取って授業を休めばよかった。

「ほんとに大丈夫!?　当たった瞬間すごい音したけど。ど

こか痛いところあるなら、保健室に行ったほうがいいん
じゃない?」

「そ、そんなに痛くないから大丈夫だよ。それに、ボーッ
としてたわたしが悪いし……」

　ここ最近、ついてないことが多い気がする。

　こういうのって、一度起こると続くって聞いたことある
から、これ以上は何も起こらないといいんだけど……。

　放課後。

　今ちょうど、高嶺先生の特別授業が終わったところ。

「漆葉さん。これなんだけど、別館の資料室に戻してきて
もらえるかしら?」

　高嶺先生には、いつも相談に乗ってもらっているから、
頼まれたら断れない。

「あ、わかりました。戻しておきます」

「いつもごめんなさいね」

「いえ、大丈夫です」

　今日は、生徒会の集まりがあるので急がないと。

　あずかった資料を両手に抱えて、教室を出た。

　別館は、今わたしがいる校舎とは違う、離れたところに
ある。

　あまり人の出入りがなくて、そこの別館は教室があると
かではなく、資料室や使わなくなったものを保管しておく
書庫などがある場所。

　別館は3階建てで、資料室があるのは1階。

　普段あまり使われていないせいか、別館の入り口の扉を開けると、ギイッと少し不気味な音がする。

　中に入ってみると、人の気配はなくて。

　長い廊下を真っすぐ歩いて、角を曲がると資料室がある。

　あずかっていた資料を、もとの棚に戻して……あとは別館を出るだけ。

　出口に向かって歩いて、廊下の角を曲がった直後。

　さっきまで誰もいなかったはずなのに。

　正面からドンッと誰かにぶつかった。

「あ、ごめんなさい……っ」

　慌てて謝って、パッと顔をあげた。

　ぶつかった相手は、ふたり組の男の子。

　ふたりを見た瞬間、ちょっと後ずさりした。

　だって……ひとりは、ピアスの数すごいし、髪の毛の色もかなり明るい。

　もうひとりは、そんなに派手な見た目じゃないけど、無理やり貼りつけたような、冷めた顔で笑っているから、怒らせたら何されるかわからなさそう。

　それに、ネクタイを見るとバラの校章をつけていた。

　ということは、このふたりは吸血鬼。

　見た目だけで判断するのは、よくないけどあまり関わらないほうがいいって直感で思った。

　それによく考えてみたらこのふたり、何だか見たことある気がする。

「うわー、ラッキー。よく見たら副会長じゃん」

　見た目が派手な男の子が、ニッと笑って近づいてきた。
「いつも一緒の会長はどうしたの？」
　それに合わせて、もうひとりもわたしが逃げないように
空いてるほうにスッと移動してきた。
　両サイドに立たれて、おまけに身体を少し下げたら真後
ろは壁。
「あー、たしか会長しばらく休んでるんだっけ？」
「だよな。だとしたら、今すげーチャンスじゃん」
　やっぱり、これ以上このふたりと関わるのは危ない気が
する。
　でも、逃げ出せなくて、その場で固まっていると。
「紅松と白鷺って名前、一度は聞いたことあるっしょ？」
　名前を聞いて、一瞬ドキリとした。
　そうだ、生徒会の定例会議であがっていた問題児のふた
りだ。
　学園内で何度か問題を起こして、謹慎処分されていたは
ず。
　紅花学園に通っている吸血鬼は、ほとんどが国から認め
られている優秀な吸血鬼ばかりだけれど。
　ごくまれに、その優秀さを利用して、人間をうまく騙そ
うとする吸血鬼もいるから注意しないとダメって、空逢く
んが言っていた。
「ねーね、今から俺らと少しお話しない？」
「し、しません……っ」
「えー、どうして？　せっかくだから、どこか３人で話せ

そうな場所に移動しよ？」

　このまま、ふたりの言いなりになってついていくのは、確実に危険なこと。

「ほ、ほんとに今すごく急いでるので……」

「そんなに急ぎの用事なの？」

「せ、生徒会の……仕事があって。時間に遅れちゃうと、後輩（こうはい）の子たちに迷惑かけちゃう……ので」

「ふーん、そっか。じゃあ、今日のところはいいや。生徒会のお仕事頑張ってねー」

「え、おい。白鷺いいのかよ……！」

「いーんだよ。お前は黙ってろ」

　ぜったい逃がしてもらえないと思ったのに。

　あっさり解放された。

　ほんとに何もされないか、少し不安だったけど。

「じゃあ、また今度会ったら話そうね」

　なんて、笑顔でこっちに手を振ってるし。

　とくに言葉を返さないまま、逃げるようにその場をあとにした。

　あのまま、ふたりの言うことを聞いていたら、どうなっていたかなんて……想像するだけでもすごく怖い。

「今日のところは逃がして油断させとかないとな。会長が戻って来るまでに、またチャンスあるだろうし」

「めちゃくちゃに泣かせたいよなー。泣き顔とか想像するだけでもゾクゾクする」

　──ふたりが、こんなことを言っていたのも知らずに。

早足で歩いたら、あっという間に生徒会室に着いた。

まだちょっと怖さが残っているせいか、手も脚もわずかに震えてる。

ふたりに何かされたわけじゃないけれど、正直すごく怖かった。

今まで空逢くんが当たり前のようにそばにいてくれて、守ってくれていたから、こんなことはなかったけれど。

ただ話しかけられただけで、何も事件は起こっていないから、誰にも相談できないし。

それに、空逢くんが帰ってくるまであと少しだから。

震えを抑えて、扉を開けた。

「お、遅くなってごめんなさい……」

壁にかかる時計を見ると、予定より少し時間が遅れてしまってる。

「いえ。何かありましたか？」

黒菱くんは、用事があって職員室に行ってるみたいで、生徒会室には紫藤くんしかいなかった。

「と、特に何も……。えっと、すぐに会議で使う資料を印刷しますね……！」

さっきまでの怖かった気持ちを無理やり抑え込んで、平気なフリをしたつもり。

プリンターでコピーを取っていると、背後にフッと誰かの気配が。

今ここにはわたしと紫藤くんしかいないので。

「え、あの……、紫藤くん……っ？」

　何やら、わたしの首元を犬みたいにクンクンしてる。

　いつもの紫藤くんからは、考えられないくらいの距離の近さにびっくり。

「先輩。スマホ見せてくれませんか」

「スマホ……？」

　今度は、いきなりこんなことを言ってくるし。

「確認したいことあるんで」

「あ、えっと……ど、どうぞ」

　何を確認したいのかもわからず、とりあえずスマホを渡した。

「確認したら返すので」

　画面はこちらには見えないので、何をしたのかわからないまま。

　1分くらいして、何ごともなかったようにスマホが戻ってきた。

「大丈夫そうですね。きちんと設定オンになってますし。普段スマホは持ち歩いてますか？」

「あ、はい。いつもスカートのポケットに入れてます」

「じゃあ、それは習慣づけておいてください。あとは、必ず電源は切らないでおいたほうがいいです。それと、何か困ったことがあったら、俺でよければ力になるので相談してください」

「わ、わかりました」

　急にどうしたんだろう……？

　いつもは、こんなにいろいろ話してくれないのに。
「それじゃ、璃来が戻ったら会議始めましょう」
　空逢くんがいない間でも生徒会の集まりはあるので、黒
菱くんが来てから、いつもどおり定例会議が始まった。

いつも守ってくれるのは。

　やっと２週間が過ぎて今日、空逢くんが夕方には帰って
くる予定。

　すごく長かったな……。

　空逢くんは元気かな。

　朝のホームルームが始まる前、ひとりでボヤッとそんな
ことを考えていると。

「こーのんちゃん、おはよ」

「あ、透羽くん。おはよう」

「今日だよねー、空逢が帰ってくるの」

「う、うん。でも、予定が押しちゃうと、帰ってこられな
いかもしれないけど」

「いやいや、空逢のことだから、ぜったい死ぬ気で予定通
り終わらせて帰ってくるでしょ。なんせ、愛しの恋音ちゃ
んが待ってるんだからさー」

「愛しの恋音ちゃんは、ちょっと語弊があるような」

「だって、あの空逢が恋音ちゃんの血をもらわずに、２週
間も過ごせたって奇跡でしょ」

　たしかに……。空逢くんと契約してから、こんなに長い
間、血をあげなかったのは初めてかもしれない。

「タブレットとか、あんま効果ないとか言ってなかったっ
け？」

「う、うん」

「まあ、自分の中で特別って思ってる子がいると、その子の血しか受けつけなくなるの、なんとなくわかるんだよねー」

「……？」

「もしかしたら、空逢に血ぜんぶ吸い取られちゃうかもしれないねー」

「えっ……」

「冗談で言ったつもりだけど、アイツ結構頭おかしいところあるからさー。ほんとにやっちゃうかもね」

　そ、そんなことが起こったら大変。

「まあ、恋音ちゃんのことすごく大事にしてるから、ちゃんと抑えるとは思うけど。確実に体調はあんま良くないだろうね」

　透羽くんが言うように、2週間近くずっとタブレットだけで過ごしてるから、体調がすぐれないかもしれない。

「恋音ちゃんも、久しぶりに空逢に会えるのうれしいでしょ？」

「う、うん……。早く会いたい……かな」

「わー。今の可愛い恋音ちゃんのセリフ、録音して空逢に売りつければよかったなー」

「そんなことしたら、怒られちゃうよ」

「いや、へたしたら殺されるかもね。僕の可愛い恋音で何してくれてんのって笑顔で圧かけてきそう」

　透羽くんの中での、空逢くんのイメージって、いったいどんなふうなんだろう？

放課後。

もしかしたら、もう寮に空逢くんが帰ってきてるかもしれない。

数週間前のわたしは、空逢くんのこと避けてばかりだったのに。

今は、早く会いたい気持ちのほうが勝ってるなんて。

久しぶりに会って、どんな顔をして、どんな話をすればいいかもまとまっていないのに。

それよりも今は、空逢くんの顔を見たいし、大丈夫だよって安心させてほしい気持ちもあって。

帰りのホームルームが終わって寮に帰るだけ。

……のはずだったんだけど。

「副会長ー。なんか用事あるって子が来てるよ」

クラスメイトの子が、前の扉のほうから何やらわたしを呼んでいる。

何かな……？　呼ばれたので行ってみると、まったく知らない男の子がひとり、入り口に立っていた。

目にかかるまで伸ばした前髪で、目元が隠れていて。

控えめそうな雰囲気の男の子。

ネクタイについている校章はバラ――ということは吸血鬼だ。

「あ、すみません……！　急に呼び出してしまって」

たぶん、顔を合わせたことも、話したこともないと思う。

そんな子が、わたしになんの用だろう？

「僕、1年の久留木って言います……！　じつは、漆葉先

輩に相談したいことがあって」

　あれ。話してみると、意外と明るい感じの子なのかな。

「わ、わたしにですか？」

「はい！　あまり周りには聞かれたくないことで。よかったら、場所を変えてもいいですか？」

　ど、どうしよう。

　昔からずっと空逢くんから知らない男の子には、どんな理由があってもついていっちゃダメって言われてる。

　誰にも何も言わずに、ついていくのは危険だから、せめて誰かに伝えようと思ったんだけど。

　教室内を見渡しても、タイミング悪く碧架ちゃんも透羽くんもいない。

「あれですよね。いきなり僕みたいな、話したこともない男についていくの抵抗ありますよね、すみません……！」

　すごく申し訳なさそうな顔をして、ペコペコお辞儀をしてる様子から、悪そうな子には見えないなぁ……。

「えっと、お話はすぐに終わりますか？」

　ほんとは、早く帰りたいけど……。

　少しくらいなら、時間を作れそうかな。

「もちろんです！　そんなに時間はかけません！」

「わ、わかりました」

「いいですか！　ありがとうございます……！」

　パッと明るい笑顔を向けられて、ふたりで教室を出ることに。

　すぐにすむ要件だからって、荷物とかは何も持たなくて

いいと言われた。

　でも、いちおう何かあったときのために、スマホはスカートのポケットに入れてある。

　前をスタスタ歩いていく久留木くんの後ろを、少し距離をあけて歩いていると。

「神結先輩は、最近ずっと休んでるんですよね？」

　急にそんな話を振られた。

「そ、そうですね」

「たしか……今日の夕方には戻って来るんでしたっけ？」

　ど、どうして、久留木くんがそんなに細かく知ってるんだろう。

　少し引っかかったけど、すぐに明るい笑顔が向けられて。

「神結先輩と漆葉先輩って、ほんとにお似合いですよね！ふたりに憧れてる生徒すごく多いんですよ！」

「そんなそんな……」

「羨ましいですよ、漆葉先輩みたいな可愛い人を独占できるなんて！」

「わたし可愛くない……です」

「えー、すごく可愛いですよ！　普段は神結先輩がそばにいるから、なかなか近づけないですけど」

　気づいたら、学園と寮からかなり外れたところまで来ていた。

　少しずつ見えてきた、古びた小屋のようなもの。

　学園の敷地はかなり広いけれど、ある程度の場所は把握していたつもり。

　でも、こんな目立たないところがあったなんて。

　周りは木が生い茂っていて、薄暗い不気味な雰囲気。

　人なんているわけもなく。

「えっと……、いったいここになんの用があって……」

「とりあえず中に入ってもらっていいですか？　そこで話したいことがあるんです」

　軽く後ろから押されて、身体のバランスを崩して小屋の中へ。

　その瞬間、背後から急に両手首を拘束された。

　一気に身動きが取れなくなって、一瞬で危険な状況に置かれてるって理解した。

　恐る恐る、後ろを振り返ってみると……。

「あれ、どうしました？　そんなおびえた顔して」

　さっきと変わらない笑顔なのに……ゾクッとした。

「大丈夫ですよ。何も怖くないんで」

　口調はやわらかいけど、手首をつかんでくる力は強い。

「そのまま奥に歩いてもらえます？　あっ、逃げようとしないでくださいね。力づくで押さえるの嫌なんで」

　ただ、恐怖を煽るだけで……力じゃかなうわけない。

　これから何が起こるかわからないけど、かなり危険な状況っていうことだけはわかる。

　空逢くんに言われていたことを、きちんと守っていれば、よかったのに。

　見た目と雰囲気なんて、いくらでも偽ることができるのだから。

　奥に進むと扉があって……久留木くんが軽くノックをして開けると。

「おー、遅かったな」

「待ちくたびれちゃったね」

　顔を見なくても、ふたりの声を聞いて心臓が異常なくらい、ドクッと嫌な音を立てた。

　ゆっくり、声のするほうへ目線を向ければ……。

「いやー、ごめんね。こんなことして。もう俺たちにはかなり警戒してるだろうから、ちょっと1年の子に協力してもらったんだよね」

　前に、絡んできた──紅松と白鷺、ふたりの姿があった。

　ほんとに、わたしって危機感がなさすぎる。

　まんまと騙されて、ついていくなんて。

　せっかくスマホを持っていても、拘束されてるんじゃ助けも呼べない。

「よくここまで連れてこられたな。真面目ボーイを装うのうまいねー」

「……ほんと、こんなクソ真面目な格好勘弁なんですけど。俺こーゆー優等生キャラじゃないんで」

「まあ、そう言うなって。今度可愛い子、紹介してやるからさ」

「えー。それなら、俺もこの先輩で愉しませてくださいよ。すごい可愛いですし、何より血の匂いがたまらなく甘いんですよね」

「おー、お前もわかる？　さすがじゃん」

「でも、この人たしか契約してましたよね？」

「そうなんだよなー。まあ、とりあえず身体だけで愉しませてもらうのもいーじゃん？」

　クスクス笑いながら、首筋のあたりを嫌な手つきで触ってくる。

「や……っ、触らない……で……っ」

「わー、抵抗してる声もかわいー」

「んじゃ、俺たち３人の相手してもらうか」

「あ、でも俺見てるだけでも愉しいんで、先輩たち先にどうぞ」

　少し雑にベッドのほうに倒されて、抵抗できないまま。

　怖いのに、逃げたいのに、何もできない。

　声も出なくて全身が震えて、力がちっとも入らない。

「まあ、抵抗できないだろうけど。いちおう、これでつないでおこうね」

　ベッドにつながれている……鎖のようなものが見えて、両方の手首にひんやり冷たい金属が触れて。

　カチッと音がして……手錠のような鎖でつながれて、ふたりがベッドに乗ってきた。

「脚は別にいーんじゃね？　ちょっと抵抗されるほうが逆に興奮するだろ？」

　首筋のあたりを、舌で舐められて全身がゾクッとして、すごく気持ち悪い……っ。

　比べちゃいけないのはわかってるけど、空逢くんに触れられたときは、身体が熱を持つのに。

　今はどんどん熱を奪われて、冷たくなっていく。

「や……ぁ……っ」

「うわー、涙目でそんな可愛い声出してさ。誘ってんの？」

「ち、ちが……う……っ」

「えー。でも、ここ触るとさ、身体すごい反応してるよ？」

　脚をジタバタさせても、無理やり押さえつけてきて、無遠慮に太もものあたりを気持ち悪い手つきで撫でてくる。

「や……めて……っ」

「だからー、そーゆー声が煽ってんの。あ、もしかして襲われたくて、わざと誘うような声出してんの？」

　ニッと笑って、さらに身体に触れてくる。

　逃げ出したいのに、力なんて入らない。

「まあ、時間はたっぷりあるからさ。じっくり愉しませてもらおっか」

　ネクタイがほどかれて、ブラウスのボタンも雑にブチッと引きちぎられて。

「やば。想像よりエロくて興奮するわ。結構いい身体してんじゃん」

　視界は涙でいっぱいで。

　相手の顔なんて見えない。

　でも、気持ち悪い声が嫌でも耳に聞こえて、気持ち悪い手つきも全然止まってくれない。

「紅松、あんまり最初からやりすぎないようにね。途中で意識飛んじゃったら愉しくないでしょ」

「白鷺は細かいよな。意識飛んだら、噛みついて無理やり

起こせばいーだろ？」

　耳を塞ぎたくなるような、恐怖心を煽るようなことばかりが聞こえてくる。

「やっぱ、声出してくれねーと面白くねーもんな」

「そうそう。だから、もっと声出してもらわないとね」

　気味の悪い笑い声……。

　抵抗する力は残っていなくて、ベッドに横たわったまま。

　涙があふれるばかりで、声を押し殺して。

　3人が満足するまで、ずっとこの状態が続くの……っ？

　目をギュッとつぶって耐えようとしても、気持ち悪くて耐えられない……っ。

　せっかく今日、久しぶりに空逢くんに会えるはずだったのに。

　わたしが避けたせいで、ギクシャクしちゃって。

　それでも、優しい空逢くんは理由を問い詰めることも、強く言ってくることもなくて……。

　頭の中で、空逢くんの顔が思い浮かぶ。

「そ……あ……くん……っ」

　届くはずのない声で、ほぼ無意識に名前を呼んだと同時。

　ドンッと鈍い音が聞こえてきた。

　今のは、いったいなんの音……？

　閉じていた目をゆっくり開けたけど、視界は変わらず涙でいっぱい。

　ただ、身体に触れてきてる手が、ピタッと止まったような気がして。

　同時に、何やら3人の焦ったような声が聞こえる。

　自分の力で、なんとか涙を拭って……視界に映るある人の姿に──息を呑んだ。

　あの声は、届かないと思っていたのに……。

「……今すぐ恋音から離れろ」

　だって、まさか……空逢くんが助けに来てくれるなんて──。

　目の前の光景が信じられない。

　それに、空逢くんと一緒に紫藤くんと黒菱くんもいるのがわかる。

「……離れろと言ってるのが聞こえないのか」

　怒りを抑えているような声色。

　これに3人とも少しひるんだのか、わずかにわたしから距離を取った。

　それに気づいた空逢くんが、すかさずわたしがいるベッドに近づいてきて。

　わたしがつながれている鎖を見て、一瞬顔を歪めた。

「……僕の恋音をこんな鎖で拘束するなんて」

　鎖を握りつぶすように──まるで、そこにすべての怒りを込めているかのよう。

「そあくん……っ」

　ずっとひとりで怖くて……。もうダメかもしれないって、心が諦めかけていたから。

　安心したのか、一気に涙があふれてきた。

　ほんとは、泣いてる場合じゃないのに……っ。

　身体の震えも、全然収まらない……。

「遅くなってごめんね……。怖かったね。もう僕が来たから大丈夫だよ」

　震えるわたしを安心させるように、優しく抱きしめてくれる。

　やっぱり、いつだって……わたしを守ってくれるのは、空逢くんだけなんだ。

「これ、僕のやつ着てて」

　空逢くんが着ているブレザーを脱いで、ふわっとわたしの肩にかけてくれた。

　ふと、目線を下に落とせば、ブラウスがはだけた状態になっていた。

「櫂、璃来。ここにいるやつら全員をすぐに拘束」

　空逢くんの指示で、紫藤くんと黒菱くんが動き出して、紅松と久留木くんを拘束。

　おそらく、もうひとりが捕まるのも時間の問題……かと思ったのに……。

「……こんなところで捕まるわけないっしょ」

　白鷺だけが急に素早い動きで、ポケットから鋭いナイフのようなものを取り出した。

「だいたいさー、お前ら生徒会ごときが俺らを捕まえるほどの力ないでしょ」

　そのままナイフの刃をこちらに向けて、それを勢いよく振りかざして、切りつけようと向かってきてる。

　ほんとなら、すぐにでも逃げなきゃいけない状況なのに。

　恐怖でまったく身動きが取れないわたしは、反射的に目をギュッとつぶってしまった。

　わたしのせいで、空逢くんがケガをしたらどうしよう……っ。

「……大丈夫だよ。僕が恋音を守るから」

　そんな声が聞こえて……。さっきまでそばにいた空逢くんの気配が一瞬だけなくなったと同時。

　人が殴られたような、鈍い音が耳に入ってきた。

「う……っ、ってぇ……」

　すぐにナイフが床に落ちた音も聞こえた。

　つぶった目をゆっくり開けると。

「……僕の恋音を傷つけたんだから、腕の骨あと何本か折ってあげようか」

　空逢くんが後ろから相手の両腕をつかんで、地面に膝をつかせて拘束してる。

　さっきまで、相手のほうがナイフを持っていて優勢だったはずなのに。

　それが一瞬で逆転してる。

「恋音がどれだけおびえていたか。キミたちには、わからないだろうから、身体に痛みを刻んであげないとね」

　相手の背中をドンッと蹴飛ばして、さらに腕に強い力を加えているのが、見てるだけでわかる。

「……っ、やめて……くれ」

「恋音が感じた恐怖に比べたら、こんなのどうってことないでしょ」

　空逢くんのオーラが、完全にいつもと違う……。

　誰かが止めないと、本気で何をするかわからないような雰囲気を醸し出してるから。

「本当なら──今ここで殺してあげたいくらいだよ」

　相手の３人も、紫藤くんも黒菱くんも、いま空逢くんに逆らったら、ただじゃすまないって……この場の空気が凍ったとき。

「会長、そこまでにしてください。これ以上、会長が手を汚すことはないです。こいつらには厳重な処分がくだりますから」

　紫藤くんが、そう言うと空逢くんは何も言わずに、つかんでいた相手の腕を雑に振りほどいた。

　拘束されていた相手は、そのまま床に倒れ込んで動けないまま。

「あとの始末は、すべて俺と璃来でやっておきますから」

　倒れ込んでいる白鷺も黒菱くんが拘束して、３人とも身動きが取れない状態になった。

　空逢くんは、３人を鋭く冷たい視線で睨みながら……。

「次、恋音に何かしたら──死ぬくらい覚悟しておけよ」

　今まで聞いたことない……低くて冷たい、ドスのきいた声が響いた。

どうしようもないくらい好き。

　あれから、わたしが歩けそうになかったので、空逢くんに抱っこされて寮の部屋へ。

　優しくベッドの上におろされて、そのまま空逢くんの温もりに包み込まれた。

「……ごめんね、怖い思いさせて。僕がもっと早く助けに来られたら、恋音があんなに泣くことはなかったのに」

　そんなことないよって意味を込めて、首をフルフル横に振る。

「……アイツらに何もされなかった？」

「か、身体……少し触られた……くらいかな」

　さっきまで、身体の熱がサーッと引いていくような感覚だったけど、今は空逢くんが抱きしめてくれてるから。

「……ほんとにごめん。僕が恋音のそばを離れたせいで」

「そあくんは、悪くないよ……っ。すごく怖かったけど、みんなが助けに来てくれたから……」

　頭の中でさっきまでの出来事が浮かぶと、やっぱり恐怖から震えが抑えられなくなる。

「さっきのこと思い出して話すのも、つらいね。無理して話さなくていいから」

「どうして空逢くんは、そんなに優しいの……？」

「恋音だから優しくしたいんだよ」

　優しくされたら、もっと……もっと今より空逢くんを好

きな気持ちが膨らんでいくばかり。

　きっと、この想いが届くことも、叶うこともないのに。

「でも……わたし理由も話さずに、空逢くんのこと避け
ちゃって……。その理由、聞いたりしないの……？」

「しないよ。だって、恋音は話したくないでしょ？」

「っ……」

「いいよ。無理には聞かないから」

　わたしばっかり気持ちが空回りして。

　反対に空逢くんは、落ち着いた様子。

　その差が、なんだか虚しく感じてしまう。

「空逢くんに、ひとつだけ聞きたいこと、あるの……」

「どうしたの？」

　いま聞くことじゃないかもしれないけど。

　今までは、"ただの契約相手"って、だけで、空逢くん
のそばにいられたらいいと思っていたけど。

　好きって気持ちが大きくなればなるほど、そばにいるの
がつらくなってくる。

　空逢くんの気持ちがわからないまま、そばにいるより
──どうせなら今、空逢くんがどうしたいか聞いたほうが
いいような気がして。

「空逢くんは、契約した相手がわたしでよかった……？」

「急にどうしたの？」

「た、ただ気になって……。その、わたしたちが契約して
る理由は、家のしきたりがあってだし……」

　こんなこと言っても、どうしようもないのに。

　でも、これは紛れもない事実で。

「も、もうすぐscarlet bloodがあるし……。もし、空逢く
んが、わたしと契約解除を望んでるなら──」

　まだ話してる途中だったのに……。

　真っ正面に映る空逢くんの表情が、一気に曇った。

「……恋音は、もう僕から離れたくなった？」

　振りほどこうとしたら、簡単にできてしまうほど……い
つもより弱い力で抱きしめられた。

「僕の世界から、恋音がいなくなるなんて考えられない」

「そんな、期待させるようなこと言わないで……っ」

「僕は、恋音じゃなきゃダメなんだよ」

　ほら、またそうやって……ずるい言葉で、わたしの心を
つかんで離してくれない。

「どうして、わたしじゃなきゃダメ……なの……？」

　今まであまり触れてこなかったこと。

　だって、空逢くんは別に契約相手は、わたしじゃなくて
もいいんだろうってずっと思っていたから。

　きっと、好きって気持ちがあるのは、わたしだけのは
ず……。

　少しの沈黙のあと。

「僕がずっと──恋音のことが好きだから」

　あまりにさらっと伝えられて、びっくりを通り越してる。

　空逢くんが、わたしを好き……？

　頭の中、ほぼ真っ白。

　たぶん、わたしいま空逢くんの言ったことが信じられな

くて、目を見開いたまま固まってると思う。

　それくらい……すごい衝撃的。

「恋音は僕に対して恋愛感情はないだろうし。家系の決まりで、仕方なく僕と契約してくれてるのも知ってるから」

　え……え……っ？　ちょっと待って、全然理解が追いつかないよ。

「ほんとは、この気持ちはずっと伝えないままでいるつもりだった。きっと、伝えてしまったら今の関係が壊れると思って。だから、どんなかたちでも……たとえ、恋音が僕を好きじゃなくても——契約相手としてそばにいてくれるなら、それでいいって」

「ま、まって……っ」

「ごめんね。こんなこと急に伝えられても困るよね。きっと、恋音は優しい子だから、無理して僕の気持ちに応えようとするんじゃないかって思ったりもしたんだ」

「ち、ちがうの……っ。わたしの気持ちも、聞いてほしい……っ」

「恋音の気持ちなら、もう知って——」

「わ、わたしも……ずっと前から、空逢くんが好き……だよ」

　今までずっと言えなかった、"好き"って２文字。

　この気持ちを伝える日は来ないと思っていた。

　わたしも、どんなかたちでもいいから……空逢くんのそばにいられたらいいと思っていたから。

　たとえ、空逢くんがわたしを好きじゃなくても、"契約相手"を理由にして、誰よりもそばにいられるなら、それ

でいいって。

　でも、やっぱり……空逢くんを好きだって気持ちは抑えられなくて。

　気づいたら、どんどん欲張りになっていた。

　空逢くんが、わたしと同じ気持ちでいてくれたらいいのにって。

「……え。恋音が僕のことを好き？」

「す、好きだよ……っ。空逢くんのこと、ずっとずっと、だいすき……っ」

　一度好きって伝えたら、たくさん想いがあふれてきて止まりそうにない。

「空逢くんは、家の決まり事だから、仕方なくわたしとずっと契約してくれてると思ってて……」

「そんなことあるわけないよ。こんなに愛おしくて、手離したくない存在なのに」

「だって……っ、空逢くん一度も、わたしのこと好きって伝えてくれたことなかったから……っ。きっと、わたしだけが一方的に好きで、空逢くんはわたしに特別な感情はないと思ってて……」

「それは、僕が好きって伝えたら恋音が困ると思って。それに、僕は恋音にしか特別な感情を抱いたことはないよ」

「ほ、ほんとにほんと……っ？」

「ほんと。僕は、ずっと恋音しか見てなかったよ」

「わ、わたしも……ずっと、空逢くんだけを想ってたよ……っ」

「うん。今こうして恋音の気持ちをきちんと聞けてよかっ

た。僕たち、お互いが勘違いしてたみたいだからね」

「うぅ……っ、いまだに信じられないよぉ……。空逢くんがわたしのこと好きなんて……っ」

　夢でも見てるんじゃないかって。

　それとも、いま目の前にいる空逢くんが幻<ruby>まぼろし</ruby>だったら、どうしようって。

「どうしたら信じてくれる？」

「も、もっと……好きって言ってほしい……っ」

「好きだよ。恋音のこと死ぬほど好き」

「わ、わたしも、空逢くんがだいすき……っ。もう、ぜったいに離れたくないよ……っ」

　これ以上、くっつけないくらい身体を密着させて、力強く抱きしめてくれる。

「ぜったい離すわけないよ。こんなに好きで仕方ないのに」

　抱きしめる力をゆるめて、お互いかなり近い距離で、じっと見つめ合っていると。

「でも僕、結構わかりやすく恋音しか眼中にないって、アピールしてたんだけどね」

「そ、そう……かな」

「まあ、恋音は鈍感<ruby>どんかん</ruby>なところあるから、気づかないのは仕方ないと思ってたけど。でもね、僕は好きな女の子しか甘やかさないよ」

「う……っ」

「恋音だから、たくさん可愛がりたいし、嫌ってほど甘やかしたくなるんだよ」

　さっきからストレートに想いを伝えてくれるから、わたしの心臓バクバク音を立てて破裂しちゃいそう。

「すごく今さらかもしれないけど……」

　きちんとわたしの瞳を見て、手をギュッと握って。

「僕の彼女になってくれますか」

　わたしの左手をスッと取って、薬指に優しくキスを落としてきた。

「こ、こんなわたしでよければ……っ」

　好きな人と気持ちが通じ合うのって、こんなに幸せでうれしいことなんだって。

「恋音じゃなきゃ、ダメなんだよ」

「わたしも、空逢くんじゃなきゃ、やだ……」

　精いっぱいギュウッて抱きつくと。

「そんな可愛いこと言われたら、僕の心臓おかしくなる」

「わ、わたしも空逢くんにドキドキして、心臓おかしくなっちゃう」

　ちょっと控えめに見つめて言ったら、空逢くんが困った顔をして頭を抱えちゃった。

「はぁ……もう可愛すぎて、どうしたらいいのかな」

「わ、わたしそんなに可愛くないよ……？」

「無自覚なところも可愛いけど。ちゃんと自覚してくれないと、変な虫が寄ってきそうで心配が絶えないよ」

「む、虫は苦手だからどうしよう」

「うん、大丈夫。恋音が想像してるのと違うし、僕がそばにいて守ってあげるから」

　何が違うのかよくわかんないけど、空逢くんが守ってくれるならいいかな。

「あ、あと……。えっと、すごく遅くなっちゃったけど、助けに来てくれて、守ってくれてありがとう……っ」

　さっきまで怖い気持ちが勝っていて言えなかったから、あらためてきちんと伝えないと。

「そんな……お礼なんていいのに。僕のほうこそ、助けに行くのが遅くなって、恋音にたくさん怖い思いさせてごめんね」

「空逢くんが謝ることじゃない……よ。もともと、わたしが知らない人についていっちゃったのが悪いし」

　ここで、ふとある疑問（ぎもん）が頭に浮かんだ。

「あの……そういえば、どうしてわたしがあの場所にいるって、わかったの？」

　誰とどこに行くかは、周りの人に話していなかったのに。

「それは櫂のおかげかな。櫂に頼んでたんだ。恋音に何かあってからじゃ遅いと思って」

「何を頼んでたの？」

「恋音のスマホのGPSが、きちんとオンになっているかの確認と、常にスマホの電源は入れるのを徹底（てってい）するように伝えてほしいって」

　前に紫藤くんが、わたしのスマホで何か確認していたのは、このことだったんだ。

　今回スマホのGPSが作動（さどう）していたおかげで、わたしの居場所がわかって、助けにくることができたみたい。

「それと櫂から報告があったんだ。恋音から吸血鬼の匂い
がしたって。かなり至近距離でいないと、あんなに匂いが
残ったりしないって」

　そういえば、紫藤くんがすごく近い距離で、何やら匂い
を確かめるようなことをしていたような。

「だから、もしかしたら恋音の身に危険が迫ってるかもし
れないと思って、櫂にも璃来にも警戒してもらってたんだ。
本来なら僕がそばにいて守ってあげるのが、いちばんだっ
たんだけど」

　わたしが知らないところで、たくさん空逢くんに守って
もらっていたんだ。

　すると、空逢くんも何か聞きたそうな顔をしてる。

　何かなって、首を傾げて見つめると。

「ところで、どうして急に僕のこと避けたりしたの？」

「えっ……。そ、それは理由は聞かないんじゃ……」

「やっぱり気になるから、教えてほしいなってね」

　ここまできたら、話しちゃってもいいのかな。

　もう好きって気持ちは伝えてるし。

「う……えっと、その……前に人間だけが受ける特別授業
があったときなんだけど。契約してる相手の吸血鬼を好き
になればなるほど、血の味が甘くなるって聞いて……」

「恋音の血は、もともとかなり甘いのに？」

「そ、それがもっと甘くなるって。だから、これ以上空逢
くんのそばにいたら、ドキドキして好きって気持ちがバレ
ちゃうかもって……」

「それで僕のこと避けてたの？」

「うぅ……勝手なことしてごめんなさい……っ」

　こうして打ち明けるのが恥ずかしくて、下を向いていたけど。

　チラッと空逢くんの顔を見ると、すごくうれしそうに笑ってる。

「あぁ、ほんとに可愛い、すごく可愛い」

「お、怒ってないの？」

「怒るわけないよ。だって、恋音が僕のことが好きで仕方ないってことでしょ？」

「うぬ……」

「そんなのうれしいに決まってる。いつも僕だけが恋音を好きな気持ちが強いと思ってたから」

「そんなことないよ……っ。わたし、たぶん空逢くんが思ってるよりもずっと、空逢くんのことだいすき……だから」

「っ……、どうしてそんな可愛いことばっかり言うの」

　何かを吐き出すように深いため息をついて、わたしの肩に頭をコツンと乗せてる。

「……何もしないように我慢してるのに」

「何を我慢してるの……？」

「僕に触れられるの、怖くない？」

「ど、どうして……っ？」

「さっきのことがあるから、触れられるのに抵抗があるかと思って」

　あっ……そっか。わたしが怖い思いをしたから。

　だけど、相手が空逢くんなら全然怖くないし、むしろ──。

「そ、空逢くんなら、たくさん触ってほしい……です」

　さっきまでのをぜんぶ、空逢くんの甘い熱で忘れさせてほしい。

「……何その殺し文句。そんなこと言われたら、我慢なんてできないよ」

「い、いいよ……っ」

　そのまま、何も言わずにさらっと唇が触れた。

　すごく久しぶりのキス……。

　触れただけで、胸のあたりがキュウッと縮まってる。

「はぁ……どうしよ。恋音の唇、甘すぎて止まんない」

「んんっ……ぅ」

　タガが外れたみたいに、さっきよりも深いキスをして、気づいたら身体がベッドにゆっくり倒されていた。

「キス……全然足りない」

「ん……ぁ、ぅ……」

「もっと……もっとしよ」

　どんどん激しくなって、息をするタイミングが見つからない。

　酸素を求めて、空逢くんのシャツをつかむけど。

「……まだ足りない」

「はぁ……ぅ」

「もっとすごいのしたくなる」

　舌先で唇を舐められて、閉ざしていた口を簡単にこじあ

けて舌が入ってくる。

「恋音も応えて」

「ぅ……あっ、むり……っ」

　口の中の熱が、じっくり攻めて、かき乱してくる。

「無理じゃないでしょ、ほら……」

「んん……んっ」

　逃がさないように、さらに深く絡めてくるから。

　熱が暴れて、誘ってる。

「あー……足りない。もっと欲しい」

「もう、ほんとにダメ……っ」

　唇が少しずれるように、わずかに顔を横に向けると。

「……じゃあ、キスする場所を変えよっか」

「ふぇ……？」

　たくさんキスしたのに、まだ余裕そうに笑ってる。

　息が乱れて、苦しいのはわたしだけ。

　空逢くんは、まだ全然余裕そう。

「キスの続きは、恋音の身体にたくさんしてあげる」

「ひゃっ……」

　いとも簡単に、ブラウスの中に手が滑りこんできた。

　お腹のあたりをゆっくり撫でて、その手が上にあがって
きてる。

「あぁ……久しぶりの恋音の肌……たまんない」

「……うぅっ」

　さっきまで唇にしていたキスが、今度は首筋にたくさん
落ちてくる。

　その間も、器用な手は動きを止めてくれない。

「この白い肌に……たくさん僕のだって痕を残さないとね」

「そんな強く吸わないで……っ」

「だって恋音が唇にキスさせてくれないから」

「あっ、ぅ……」

　首筋から鎖骨、肩のところにも、数えられないくらい何度も強く吸いついて、たくさん痕を残して。

「やっ……そこダメ……っ」

「ダメじゃないでしょ？　こんなに反応してるのに」

　ブラウスから腕をスルリと抜かれて、ぜんぶ脱がされてしまった。

「もっと触って、僕の熱でおかしくしてあげたいね」

「んやぁ……」

　首元より下……胸のあたりを指先で軽くなぞって。

「ここにもたくさん痕つけよっか」

　舌で舐めて、チュッと音を立てる繰り返し。

　身体に与えられる刺激が徐々に強くなって、熱くて耐えられない。

「そ、あ……くん……」

「どうしたの」

「身体、熱い……っ」

「そうだね。僕がたくさん触れてるから、身体が感じてるんだよ」

　指先にわずかに力を込めて、グッと刺激を強めたり弱めたり。

　こんなのずっと続いていたら、身体がおかしくなっちゃう……っ。

「あとね……血をもらうのも、ずっと我慢してたから」

「ん……やっ、まって……」

「恋音の甘い血……たくさんちょうだい」

　首のところに、チクッと強い痛み。

　鋭いものがグッと入り込んでくる感覚が、すごく久しぶりで。

　血を吸われてる間ジッとしていると、少しずつ身体に力が入らなくなってくる。

　それに……久しぶりの吸血だからか、空逢くんがいつもより血をたくさん欲しがって、飲んでるような気がする。

「あー……甘い。なんか前より極上に甘くなってる」

「ん……っ」

「こんなのずっと欲しくなる」

　さっきまで余裕そうだったのに、それがちょっと崩れて、首筋に唇を這わせたまま……ずっと血を吸ってる。

「恋音の血って、魅惑の甘い毒みたいだね」

「……？」

「はまったら、一生抜け出せなくなりそう」

　さっきまで止まりそうになかったけど、あまり血を吸いすぎるとわたしの身体に負担がかかるから抑えてくれた。

　これで満足してもらえたかなと思ったのに。

　どうやら、その考えは甘かったようで。

「ねぇ、恋音。今日はもしかしたら寝かせてあげられない

かも」

「へ……っ」

　あんなにたくさんキスしたのに。

　まだまだ全然足りないって顔してる。

「恋音が足りなくて死にそうだから」

「っ……」

「僕が満足するまで付き合って」

　とびきり甘い夜が続いた。

第 5 章

空逢くんの言うことは、ぜったい。

　空逢くんと正式に付き合い始めて少しの時間が経った。

　気づけば、もうすぐ9月が終わろうとしている。

　空逢くんの甘さは、付き合う前よりさらに増していて。

「ん……んっ……？」

　朝、まだ眠っていたのに、唇にやわらかい何かが触れて目が覚めた。

　目を開けると、飛び込んできた空逢くんの綺麗すぎる顔。

　ま、また……わたしが寝てるときにキスしてる……っ！

　最近毎朝、こうやってキスで目が覚める。

「そ……あくん……っ」

　目がばっちり合って、わたしが起きたことに気づいてるのに、キスを全然やめてくれない。

「……おはよ」

「んん……」

「起きたってことは、もっとしていいね」

　唇を塞がれたまま。

　空逢くんが真上に覆いかぶさってきた。

「ま……って」

「時間の許す限り、たくさんしようね」

　朝から空逢くんのしたい放題。

　満足するまで、ぜったいに離してくれない。

　そんなこんなで、なんとか学園に行く支度を終えて、あとは寮の部屋を出るだけなんだけど。

「そ、そあくん、そんな抱きつかれたままだと、外に出られないよ……！」

　扉のノブに手をかけて開けようとしたら、後ろから空逢くんが抱きついてきた。

「このまま恋音と離れたくないなあ」

「でも、早く行かないと遅刻しちゃうよ」

「じゃあ、いっそのこと今日はふたりで欠席しようか」

「そ、それ、昨日も同じこと言ってたよ……！」

「あれ、そうだっけ？」

　ぜったい離れたくないのか、何かにつけていろんな理由を出してくるから困っちゃう。

「じゃあ……恋音が熱っぽいから休もうか」

「へ……っ、わたし別に……んっ」

　身体がくるりと回って、さらっと唇を奪われて、されるがまま。

「唇……熱いよ？」

「ん……ぅ」

「僕まで熱くなっちゃうね」

　身体を扉に押さえつけられて、抵抗できないように手もギュッとつながれて。

「恋音が可愛すぎて我慢できなくなる」

　──で、結局ホームルームに間に合わず……。

　完全に遅刻扱いになるかと思いきや。

　先生からの空逢くんへの信頼は、やっぱりものすごいもので。

　なんと遅刻を免除してもらえた。

　いや、正確に言うと空逢くんがさらっと、わたしが体調不良だったって嘘をついたから。

　先生は微塵（みじん）も疑（うたが）うことなく「それなら仕方ないわね」って、あっさり遅刻を取り消してくれた。

　そして、そのまま1時間目の授業がスタートして、今ちょうど終わったところ。

「朝からラブラブだね、おふたりさん」

「あっ、透羽くん――」

　まだ喋ってる途中。

　なのに、急に空逢くんがわたしの前に立って、透羽くんが視界から見えなくなっちゃった。

「透羽は恋音に話しかけるの禁止ね。悪影響を及（およ）ぼすから」

「えー、今さらすぎかよ。ったく、長年（ながねん）の片想いがやっと実（み）って恋人同士になったと思ったら、これだもんな。心の狭い彼氏（かれし）だねー」

「なんとでも言えば。僕は恋音以外からは、どんなふうに思われてもどうでもいいから」

「ほー。じゃあ、恋音ちゃんに嫌われたら、お前確実におわるじゃん。どうするよ、恋音ちゃんに他に好きな人ができましたなんて言われたら」

「……そんなこと言わせないし。恋音の世界には、僕だけ

が映ってればいいんだから」

「おー、こわっ。恋音ちゃんに手出したら、ただじゃすまなさそうだな」

「当たり前でしょ。もし、この学園にそんなやつがいたら退学はもちろん、二度と恋音の前に現れるなって誓約書でも一筆書かせないと僕の気がすまないね」

「そーいや、少し前に事件起こしたやつらも、即刻退学にしたんだろ？」

「僕の恋音にあんなことしたんだから、アイツらの人生ごとぜんぶつぶしてやろうかと思ったけど」

　少し前、わたしが3人に襲われそうになったときの話だ。

　すぐに学園側に3人のことが報告されて、即刻退学の処分となった。

　でも、空逢くんは、退学の処分だけでは納得していない様子で。

　『僕の大切な恋音を傷つけたんだから、もっと重い罰を背負うべきでしょ』って。

　警察を呼んで、事件として取り扱ってもらうって。

　でも、わたしがそこまでしなくて大丈夫って止めた。

　たしかに、3人にされたことはすごく怖かったし、もう二度とこんなことが起きてほしくないって思った。

　でも、3人が反省しているなら、そこまで重い罰を与えることもないんじゃないかなって。

「本来なら社会的に抹殺してやるべきだけど、恋音が優しい子だから、そこまでしなくていいって」

238

「まあ、たしかに、お前からしたら気が狂うような事件だよな」
「ほんと腕の骨何本か折っただけですんでるんだから」
「そんなに折ったのかよ」
「命あるだけいいでしょ」
「さすがだな……。俺も恋音ちゃんと接するときは、気をつけないと狙われそうだな」
「常に背後は気にしておくといいかもね」
「容赦ないねー」

　そんなある日。
　空逢くんがお屋敷のほうに帰るということで、わたしも一緒に行くことが決まった。
　時刻は、夕方の4時を過ぎたところ。
「ふたりとも久しぶり〜。って言っても、1ヶ月ぶりくらいよね！」
「伽夜さん、お久しぶりです……！」
「わぁ〜、恋音ちゃんまた可愛くなったんじゃない!? いつもすごく可愛いけど！」
「そ、そんなそんな……っ」
　相変わらず自分の娘みたいに褒めてくれて、ハグをしてくれる伽夜さん。
「母さん。恋音にベッタリするのはそれくらいにして」
「はいはい、空逢は相変わらずね〜」
　ほんとは、空逢くんの用事がすんだら帰る予定だったん

だけど。

　伽夜さんが、せっかくだから夕食を一緒に食べたいと言ってくれて、お言葉に甘えることに。

　ちなみに、空逢くんのお父さんは今日は仕事で帰りが遅いみたい。

　なので、夕食はわたしと空逢くんと伽夜さんの3人。

「今日はよかったわ～、ふたりが来てくれて！　可愛い恋音ちゃんを見られて、目の保養になるし！」

「僕の可愛い恋音で勝手に保養しないでよ」

「あらま。心が狭いわね」

「いいでしょ。僕、恋音の彼氏なんだから」

　い、いいいま、さらっとすごいこと口にしてる……！

　まだ空逢くんのご両親に、付き合ってることを正式に報告もしてないのに……！

「可愛い彼女を独占したいと思うのは、普通のことでしょ」

　そんなさらっと言っていいことなの……!?

　横目でチラッと空逢くんを見れば、なんともなさそうに平然とした様子で話しているから。

　わたしは、飲んでいるリンゴジュースを噴き出しそうになったのに！

「それはそうだけど～。ただ、空逢の場合は、その独占欲が異常なのよね。恋音ちゃんも大変ね、こんな厄介なのが彼氏なんて」

　あれ、あれれ……。

　この場で動揺してるのは、わたしだけ？

　伽夜さん、普通に受け止めて会話続けてるし……！

「恋音ちゃん？　急に固まってどうしちゃったのかしら？」

「え、あ……えっと、わたしたちが付き合ってることを知ったら伽夜さんもっと驚くかと思って」

　伽夜さんは、なんでかキョトンとした顔をしてる。

「あら、ふたりはもうとっくに付き合ってると思ってたわよ？」

「えぇ……！　は、反対とかしないんですか」

　契約相手としては認めてくれているけど、付き合うってなると、空逢くんにはもっとふさわしい人がいるって、反対されると思ってた。

「するわけないじゃない～！　空逢のお嫁さんになるのは、恋音ちゃんしかいないと思ってるもの♡」

「とりあえず、卒業するまで結婚はおあずけだね」

　うぅぅ……どうしてそんな心臓に悪いことを、伽夜さんの前でさらっと笑顔で言ってるの……！

「それじゃあ、来年の春ごろには式場を予約しないといけないわね～」

「恋音のウエディングドレス姿、可愛いだろうね」

　え、え……っ!?　なんかすごいスピードで、とんでもなく大きなスケールの話が進んでるような気がする……！

　そして、極めつきは。

「早く孫の顔が見たいわねっ」

「っ……!?」

　夕食を終えての帰り際。
　空逢くんが迎えの車を呼びに行ってくれている間。
「恋音ちゃん、ちょっといい？」
　伽夜さんが何やら楽しそうに、こっちにおいでって手招きしてる。
「これ、わたしからのプレゼント♡　わたしの友達がデザインしてるものなの〜」
　真っ白の少し大きな紙袋に、ゴールドの筆記体で書かれたブランド名。
「え、あっ、いつもすみません、ありがとうございます……！」
　伽夜さんは、いつもわたしにこうしていろいろよくしてくれるから。
「いいのよ〜。よかったら着てみてね」
「お洋服とかですか？」
「ん〜。まあ、そんな感じね！　可愛いものを身につけると、気分もあがるでしょっ？」
「……？」
「とりあえず、今日帰ったら着てみてちょうだい〜。ぜったい恋音ちゃんに似合うものだから！」
　中身は帰ってから確認してほしいって。
　迎えの車の中にて。
「それ、どうしたの。もしかして母さんから？」
「う、うん。伽夜さんがお洋服くれたみたい」
「へぇ。あの人センスはいいから、きっと恋音に似合うも

の選んでくれてるだろうね」

「帰ったら着てみようと思ってて」

　中に、どんな可愛い服が入ってるんだろう。楽しみだなぁ。

　寮に帰ってから、先に空逢くんがお風呂に入ることに。

　早速もらった洋服を着てみようかな。

　ルンルン気分で、紙袋の中から取り出してみた。

「わぁ、可愛い——え……、え？」

　パッと見た瞬間、可愛い薄いピンクのワンピースかと思った。

　……んだけど、よく見るとワンピースみたいなキャミソール。しかも、すごく透けてる素材。

　さらに紙袋の中に透明の袋に包まれたものが、もうひとつ出てきた。

「え、ええ……!?」

　キャミソールと同じ色の……いたるところに、レースやリボンがついてる下着のセット……。

　こ、こんな恥ずかしいの、ぜったい空逢くんの前じゃ着られない……！

　すぐに紙袋の中に、ぜんぶしまおうとしたのに。

「へぇ……可愛いね、それ」

「っ……!?」

　ふわっと石けんの香りが鼻をかすめたと思ったら、後ろから空逢くんが、ひょこっと覗き込んできた。

「甘くて可愛いデザインが、恋音に合ってるね」

「な、ななんで空逢くんが……っ！」

「そんな驚いてどうしたの？」

「やっ、だ、だって……！」

「今からお風呂だし、ちょうどいいね」

　自分の体型に自信があるわけじゃないから、ぜったい着られないよ……。

　無理って意味を込めて、首をフルフル横に振ってみた。

　けど……。

「……僕の前で着て見せて」

　甘く誘うようにささやいてくるのが、すごくずるい。

「む、むり……だよ」

「どうして？　恋音の可愛い姿、見たいなあ」

「こ、こんな大人っぽいの、わたしには似合わないよ」

「それは僕が判断するから着てみて」

「うぅ……」

　わたしが何を言っても、ぜったい着させる気だ。

　こうなったら、強行突破するしかない……！

「お、お風呂いってきます……！」

　もらったセットは、ぜんぶ紙袋の中に戻して、別の部屋着を持って脱衣所へダッシュ。

　空逢くんのことだから、そんなのダメだよとか言って引き止めてくるかと思ったけど。

　意外にも、何も言ってこなかった。

　よ、よかった。諦めてくれたのかな。

　　──って、油断したのがいけなかった。

「えっ、え……！　な、なんでキャミソールしかないの……!?」

　１時間ほど、お風呂に入っている間に事件は起きた。

　お風呂から出ると、きちんと着替えのセットを持ってきたのに、いつの間にかすり替えられてる……！

　ぜ、ぜったい空逢くんの仕業だ……！

　バスタオル１枚を身体に巻きつけて、部屋の中をうろうろするわけにもいかないし。

　かといって、これを着るのは無理だし。

　散々、悩んだ結果。

　脱衣所の扉を、そろりと開ける。

　空逢くんにバレないように、奥の部屋に行って自分の部屋着を取りに行くことにした。

　不本意だけど、置いてあったキャミソールのセットを仕方なく着ることに。

　ゆっくり脱衣所から出ると、奥のほうからテレビの音が聞こえる。

　たぶん、空逢くんはソファがある部屋にいるに違いない。

　今がチャンス……！

　音を立てないように、ささっと奥の部屋へ。

　あとは、自分の部屋着を見つけて着替え直すだけ……だったのに。

　部屋に入った途端──。

「……やっぱり可愛いね。すごく似合ってる」

「へ……っ」

　背後から聞こえた声に、ものすごくびっくり。

　ぜったいバレてないと思ったのに。

「恋音なら、僕の言うこと聞いてくれると思ってたよ」

「ひゃっ……」

　逃がさないよって、後ろから全身を覆うように抱きしめられてしまった。

「な、なんで、ここにいるの……っ？」

「恋音の考えてることは、僕にはお見通しだからね」

　クスクス笑いながら、大きな手がそっと頬のあたりに触れて、指先で顎のラインをなぞってくる。

「……こんな大胆で可愛い姿、逃がすわけないでしょ」

「う……っ、ずるい……っ」

「なんとでも言って。僕は今から恋音をどうやって可愛がろうかって──想像するだけで興奮するね」

　耳元で聞こえる声は、とっても危険。

　首だけくるっと回して振り返ると、薄暗い部屋の中で、空逢くんが愉しそうに笑ってる。

「や……う……着替えさせて……っ」

「僕がたっぷり愉しんだあとに……ね」

　ひょいっと抱きあげられて、抵抗するひまもなくベッドのほうへ。

「ま、まって」

「隠そうとしちゃダメ」

　ベッドのそばの大きな窓から入ってくる月明かりが、今日はすごく明るいように感じる。

「隠すなら──縛っちゃうよ？」

　ものすごく危険な笑み。

　逆らったら、ほんとに縛られちゃいそう。

　ゆっくり身体がベッドに倒されて、上から空逢くんが覆いかぶさってきた。

「キャミソール……透けてるのいいね」

「み、見ないで……」

「……どうして？　すごく可愛いのに」

　触れられてるわけでもなくて、ただ見られてるだけ。

　……なのに、すごく恥ずかしくて身体が勝手に熱を持ち始めてる。

「こんな姿、僕以外の男に見せられないね」

「っ……」

「もちろん、死んでも見せる気ないけど」

　いつもだったら、キスしたり触れてきたりするのに。

「見てるだけでも愉しいね」

「もう、恥ずかしい……よぉ……」

　触れられるのも耐えられないけど、こうしてただ見られてるだけでもすごく恥ずかしい。

「……触れてもらえなくて、もどかしい？」

「そ、そんなこと……」

「ほんとかなあ」

「ひっ……ぁ……」

　胸元のリボンをほどかれると、胸からお腹を隠していた部分が露わになって、軽く指先で肌を撫でられた。

　　……たったそれだけ。
「見られてるだけの状態から、急に触られると気持ちいい
でしょ？」
　　わずかに触れて、またジーッと見てるだけ。
「……たまには焦らしてみるのもいいね」
「ぅ……もう、やだぁ……」
「もっと触ってほしい？」
　　いつもは、空逢くんが好き放題してくるのに。
　　余裕そうに、わたしの反応を見て愉しんでる。
「恋音が可愛くおねだりするまで——ずっとこのままかな」
　　指先で髪に触れたり、頬に触れたり。
　　キスは、ぜったいにしないし、身体にも触れてこない。
　　これでいいはずなのに。
　　ちょっとずつ……もどかしさを感じてるのおかしい。
「……そろそろ物足りなくなってきたでしょ？」
　　耳元で、わざと揺さぶるようにささやいて。
　　空逢くんの指先が、グッと唇に押しつけられる。
「指じゃなくて唇が触れたら……今よりもっと気持ちいい
だろうね」
「ん……っ」
「欲しいなら、ちゃんと自分からねだらないと」
「やっ……」
「僕はいいよ。ただ……恋音の身体が我慢できるかな」
　　クスッと笑って、余裕さを崩さないまま。
　　わたしばっかりが、どんどん余裕を奪われていく。

「早く欲しがってくれないかなあ」

「イジワル、しないで……っ」

「してないよ。ただ、恋音がどうしてほしいのかなって」

　ずるい……。空逢くんのほうから、逃げられないように誘い込んできたのに。

「このまま触れるのやめていいの？」

「っ……」

「それとも──僕の好きにしていい？」

　言葉にできなくて、控えめに首を縦にゆっくり振ると。

　フッと薄く笑った顔が見えて。

「じゃあ……たくさん甘いことしよっか」

「……んん」

　吸い込まれるように、お互いの唇がふわっと重なる。

　いつものキスなのに……。

　触れた瞬間、身体がピリッとした。

「いま身体すごく反応したね。かわいー……」

「や……ぁ」

　わたしの腰のあたりに腕を回して、お互いの身体がピタッと密着するまでギュッてしてくる。

　その間もキスしたまま。

「恋音の身体は敏感だもんね」

「ん……っ」

　唇を吸われて、何度もチュッて音を立てて。

　触れてるだけのキスが、ずっと続いてる。

　身体に触れてくる手も、肌に直接触れないで……キャミ

ソールの上から焦らすような手つきで触れるだけ。

「キス……触れてるだけじゃ足りない？」

「ぅ……」

「……そんなとろけた顔して」

「ふっ……ぁ」

　ジンッと……身体の奥が熱い。

　唇も、じわりと熱がこもって。

「たまんないね……。その欲しがってる顔」

　悲しくもないのに、なんでか瞳に涙がたまって。

　空逢くんのせいで、身体がおかしくなってる。

「ほら……口あけて」

　甘くて、焦らすようなキスに、思考がかなり鈍ってる……せい。

　言われたとおり、ゆっくりあけると……スッと離れていく唇。

「え……っ」

　なんで……？　ちゃんと言うこと聞いたのに。

「ふっ……どうしたの？」

　そんなふうに聞いてくるのずるい。

「……期待した？　もっとすごいキスしてもらえるって」

　今日の空逢くんは、とことん焦らして愉しんでばかり。

「イジワル、しな——んんっ……」

　口の中に指をグッと入れられて。

「あー……恋音の口の中、熱いね」

「ふ……ぅ」

「僕も……もう我慢の限界かな」

　スッと指が抜かれて、すぐに唇を塞がれた。

　今度は、ただ触れてるだけのキスじゃない。

　口をあけたまま、舌がスルッと入ってきた。

「そあ、く……んんっ」

「もっと舌出して」

「っ……」

「……そう、いい子」

　身体がぜんぶ溶けちゃいそうな甘いキスに溺れていく。

空逢くんのしたいこと。

　学園では、もうすぐ1年に一度のscarlet bloodが開催される日が近づいている。

　生徒会メンバーがメインで主催するので、この時期がいちばん忙しいかもしれない。

　今日は、1年生の契約している子たちにscarlet bloodが開催されることを知らせるために、放課後ホールに集まってもらうことになっている。

　1年生は初めてのscarlet bloodだから、毎年あらかじめ説明を行っているのだ。

　生徒会メンバー4人でホールに向かうと、すでに何人か生徒が集まっていた。

　予定の時間になり、空逢くんが壇上へ。

　もちろん、わたしと他のメンバーふたりも一緒に。

　でも、壇上で話すのは空逢くんだけ。

「わざわざ集まってくれてありがとう。今日キミたちに集まってもらったのは、1年に一度行われるイベントの説明を軽くしようと思ってね」

　空逢くんが話しだすと、紫藤くんと黒菱くんが壇上から降りて、プリントを配布し始めた。

　配布されたプリントには、真ん中に大きく"scarlet blood開催のお知らせ"と書かれている。

「そこに書かれているとおり、もうすぐ1年に一度、契約

してる人間と吸血鬼が契約を解除したり、契約相手を変え
られるイベントがある。これは、吸血鬼と人間が平和条約
を結んだ日に設定されているんだ」

　開催日は1週間後。

　契約をしていても、していなくても全生徒が参加の対象。

　メインは、契約してる吸血鬼と人間。

　万が一、契約してる相手に不満があって解除したい場合、
新しい契約相手を今まだ契約していない生徒の中から選ぶ
ことができる。

「お互いのことを見直す機会でもあるから。これをきっか
けに、契約を解除したり相手を変えたりするのは悪いこと
じゃないからね。例年そういう生徒もいるから」

　空逢くんの言うとおり。

　契約している子たちは、吸血鬼も人間も覚悟を持ってし
てるだろうから。

　解除したり、相手を変えたりするのも、しっかり考えて
ベストな選択をしてほしいなって。

　1年生への説明を終えて寮に帰ってきた。

「恋音、どうしたの？　なんだか浮かない顔してるね」

「え、あ……悩んでた彼女のことが気になって」

「忽那さんだっけ？」

　ホールで説明が終わったあと、すごく悩んでる様子の忽
那さんがいて、声をかけたんだけど。

　偶然、空逢くんもそこに居合わせたので、ふたりで話を

聞くと、契約を解除するか悩んでいる感じだったから。

　何か複雑な事情がありそうなのかな……と。

「彼女なりに、しっかり考えていい選択が出せるといいんだけどね」

　わたしが詮索するようなことじゃないから、あまり深くは聞けなかったけど。

　それからscarlet blood開催までの約１週間。

　生徒会メンバー全員すごく忙しい毎日。

　空逢くんは、もしscarlet bloodで解除したいと宣言した生徒がいた場合、今後のことをどうするか学園側と外部に報告をしたり、手続きをしないといけない。

　毎年、いろいろと問題が起こることもある。

　たとえば、契約してる生徒で片方は解除したいけど、片方は解除を反対するケースもあったり。

　この場合は、いったん保留というかたちになり、後日きちんとした話し合いの場が設けられる。

　そこに生徒会長である空逢くんも、参加しないといけなかったり。

　１年に一度の大きなイベントなので、とにかく無事に終わるまでゆっくりできない。

　とくに空逢くんがメインで動くので、放課後は生徒会室で毎日仕事をしてる。

　寮に帰ってくると疲れているのか、ソファに倒れ込んで、ごはんも食べずに寝てしまうことも。

そして1週間が過ぎ……。

無事にscarlet bloodが終了。

ただ、解除をしたいと宣言した生徒がいたので、そこからまた空逢くんは、少し忙しい毎日を過ごした。

今日は、生徒会メンバーでscarlet bloodの報告会。

「とりあえず、何も問題ごとが起こることもなくイベントが無事に終わってよかったよ。3人とも本当にお疲れさま」

「お疲れさまでした。会長もゆっくり休んでください」

「櫂にしては珍しく優しい言葉をかけてくれるんだね」

「生徒会の仕事をきちんとこなしてる部分では、会長のこと尊敬してるんで」

「ははっ、ありがとう。璃来もお疲れさま。いろいろ無茶な頼み事を引き受けてもらったりして悪かったね」

「……いえ。会長もお疲れさまでした」

こうして、ようやく落ちついたので、寮に帰ってきたのはいいんだけど。

「そ、そあくん……？　あの、もう30分くらい過ぎてるんだけど……」

「そう？　僕の体感は3分くらいなんだけど」

部屋に入った途端、電池が切れたみたいに空逢くんがギュッと抱きついてきた。

そのままベッドに強制的に連れて行かれて、今もベッドの上で後ろから抱きつかれたまま。

「あ、飽きないの？」

「全然。ってか、最近忙しすぎて恋音に触れる時間なかっ

たし」

　だからって、こんなにずっとギュッてしてるのも飽きたりしないのかなって。

「……そーだ。今から僕のしたいことしよっか」

「え……？」

「ここ最近、いろいろ頑張ったからいいよね？」

「え、えっと……いいよ」

　何がしたいのか聞けなかったけど、空逢くんがすごく忙しくて頑張っていたのは事実だし。

「じゃあ、血もらってもいい？」

「あ、うん」

　したいことって言うから何かと思ったら、血が欲しかったんだ。

　後ろからギュッてしたまま、いつもみたいに噛むのかなと思ったら。

「恋音、こっち向いて」

「……？」

　言われたとおり身体をくるっと回転させて、空逢くんと向かい合わせ。

　ジーッと見つめ合ってるだけで、全然噛んでこない。

「えっと、血が欲しいんじゃ……」

「うん、すごく欲しい」

　そのわりに、ただにこにこ笑っているだけ。

　これがすごく怪しく見えるのは気のせい？

　何か企んでるような。

　すると、急に空逢くんが身体を前のめりにして、グッと距離を詰めてきた。

　いきなりのことにびっくりして、ベッドに両手をついてちょっと後ろに引くと。

　にこっと笑ったまま、なんの悪気もなく空逢くんの手が、スカートの中に入ってきた。

「ひゃっ……な、なに……っ」

「特別に甘いやつ欲しいなあってね」

　よ、よくわかんない。

　血が欲しいって言ってるのに、ちっとも吸血行為をしてこないし。

「さっき、恋音 "いいよ" って言ったもんね」

「う、うん」

「じゃあ、今から僕に何されても拒否権ないわけだ」

　あっ、どうしよう。

　とても危険な笑みを浮かべてる。

「な、何するの……？」

「……あまーいの、もらうだけ」

　スカートの中にある手が、ちょっとずつ動いて……太ももの内側を指先でなぞってる。

「やっ……まって。手、抜いて……っ」

「抜かないよ。だって今から、このやわらかいとこ噛むんだから」

　内側のいちばん際どいところを、指先でグッと押されて。

「い、いつも首からするのに……っ」

「ここのほうが……もっと興奮するでしょ？」

　耳元で、わざと低い甘い声でささやいてくる。

「……太ももの血って、かなり甘いんだって」

「だ、だからって、そんな恥ずかしいところ噛まないで……」

「ダメだよ。恋音さっき"いいよ"って言ったでしょ」

「うぅ……」

　何もそんな"いいよ"の部分だけ強調しなくても……！

「噛むからジッとしてて」

　ぜったい無理って、スカートを手で押さえて抵抗。

　噛まれたら恥ずかしくて死んじゃう。

「や、やだ……んんっ……」

　抵抗してたら、いきなり唇を塞がれた。

　かなり強引に、口をこじあけられて。

「っ……！」

　舌がスルッと入ってきたら……口の中に微かに広がる血の味。

　こ、これ……たぶん空逢くんの血だ。

　わたしがこの血を少しでも飲んだら、しばらくは空逢くんの言うことは、ぜったいになっちゃう。

　首をフルフル横に振るけど、唇を離してくれない。

　わたしが血を飲むまで、ずっとこのまま。

　息がうまく続かなくて苦しい。

　空逢くんは、すごくイジワルで、いつもより深くキスをして、息をする隙を与えてくれない。

「……飲んだらラクになるよ」

　その言葉に誘われるように、酸素を求めて――ゴクッと飲み込んでしまった。

「ぅ……はぁ……っ」

「これで恋音は僕の言うとおりになるね」

「ず、ずるい……っ」

「だって、恋音が抵抗するから」

　これで、わたしの身体は自分の意思じゃ動かなくなった。

　ぜんぶ……空逢くんが言うことに従うだけ。

「じゃあ噛むから、動かないでね」

「うっ……」

「あ、でも……恋音は敏感だから、脚とか腰が動いちゃうかもね」

　愉しそうに、スカートをギリギリまで捲り上げて。

　指先で散々いろんなところを触ったあと。

「ここの内側……やわらかくて甘そう」

　熱い舌先が太ももに触れて、ツーッと舐められて。

「ひぅ……っ」

　恥ずかしくて顔から火が出ちゃいそうなのに、抵抗できない歯がゆさに襲われる。

「ここの痕……僕しか見られないもんね」

「ぅ……やぁ……」

　早く噛んでくれたらいいのに、舌先で何度もなぞるように舐めて、吸っての繰り返し。

「……そんな誘うような声出して」

「そあ、くんがぁ……」

「僕がどうしたの？」

　舐めてただけなのに、急にチクリと痛みが走る。

　そのまま深く噛まれて、もっと動けない。

「……うわ、甘いね」

「っ、早く……飲んで……っ」

　この体勢で血を吸われてるのが、恥ずかしくて耐えられ
ない。

「やわらかくて甘いし……たまんないね」

「ぅ……もう、や……」

　ほんとに限界……っ。

　下唇をキュッと噛みしめて、空逢くんを見つめる。

「恥ずかしくて無理？」

「む、むり……」

「じゃあ……もうひとつだけ」

　太ももから吸血するのをやめてくれて、これで終わりか
と思ったのに。

「もっと付き合ってもらうよ」

　身体の力が、ぜんぶクタッと抜けきって、息もちょっと
苦しく感じる。

　……のに、空逢くんは容赦なく、首筋にたくさんキスを
落としてくる。

　何度もチュッと音がして。

　噛まれてるわけじゃないけど鎖骨のあたりを見ると、
真っ赤な痕がいくつか残ってる。

「ここだけじゃ足りない」

　ブラウスのボタンを上からいくつか外されて、肩とか胸の近くにも痕を残されてる。

　ただ、されるがままになってると。

　急に強い力で腕を引かれて、身体がグイッと起こされた。

　もちろん、起きあがっても力が入らないので、身体は空逢くんにあずけたまま。

「ねぇ……恋音も僕に痕つけて」

「ふ……ぇ？」

　また、悪いささやきが鼓膜を揺さぶってる。

「僕が恋音のものだって印、欲しいなあ」

　クスッと笑って、簡単にわたしの身体を持ち上げて。

　空逢くんの上に、跨って乗ってるような体勢にされてしまった。

「で、できないよ」

「できるでしょ。僕がやったみたいに、やってごらん」

　まだ血を飲んだ効果がきれてないから、身体が勝手に動き出しちゃう。

　でも、やったことないから、やり方が全然わかんなくて戸惑っていると。

「……ちょっと手伝ってあげよっか」

　空逢くんが、自分でネクタイをシュルッとゆるめた。

　この仕草が、なんでかすごく色っぽく見えて、勝手に心臓がドキドキしてる。

　きっちり閉められたブラウスのボタンも、上から2つ外

して、直視できない。

「じゃあ、あとは恋音がやって」

　うぅ……はだけすぎて、目のやり場にすごく困る。

　頭では、どうしようってパニック状態なのに、身体が動いて、吸い込まれるように空逢くんの首筋に唇をあてる。

　される側よりも、してる側のほうが何倍も恥ずかしい。

「恋音が迫ってきてくれるの、すごい興奮する」

　愉しそうに、わたしの頬を撫でたりして遊んでる。

　いつも、空逢くんがやってるのを思い出して、同じようにやってみるけど、あんまりうまくできない。

　舐めてから強く吸えばいいの……？　それとも、ちょっと強く噛んでもいいの……？

「ねぇ……恋音。それわざと？」

「え……？」

「ゾクゾクするね、そんな舐め方されたら」

　空逢くんの瞳が、ちょっと熱っぽい。

「焦らすように舐められたら、僕も我慢できなくなるね」

「え、あ……空逢くんの真似してみたんだけど、違ったかな……？」

「ううん。恋音がやると、ものすごくエロいんだよね」

「へ……？」

「なんか変な気起こっちゃった」

　ど、どうしよう。空逢くんの危険なスイッチが完全にオンになったような気がする。

「恋音のせいだよ、どーしよっか」

「え、えっと……」

「まあ、これから時間たっぷりあるから。たくさん僕の相手してね」

　結局、またこうやって、空逢くんが余裕そうにしてる。

　いつか、この余裕さをゼロにできる日って来るのかな。

　……なんて、そんなことをボヤッと考えながら、甘い熱に溺れていった。

恋音の可愛さ、ぜんぶ僕のもの。～空逢side～

僕の朝は、まずとびきり可愛い寝顔を見てから始まる。

「ん……、そあ……くん」

僕の腕の中でスヤスヤ眠る──僕が愛してやまない、可愛くて仕方ない恋音。

今も寝言で僕の名前を呼ぶなんて、もはや反則というか、僕の心臓を止めにきてるよね。

それに、寝てるはずなのに僕が少しでも離れたりすると、無意識にギュッと抱きついてくるから、恋音はずるい。

「はぁぁぁ……なんなの、この可愛さ」

恋音が可愛くて、可愛くて仕方ない。

好きな女の子が、特別に可愛く見えるのはしょうがないって言うけど、恋音の場合は誰が見ても、その可愛さにやられるだろう。

まあ、恋音のいちばん可愛いところを知ってるのは僕だけだから。

いま寝てる顔だって、とびきり可愛い。

スヤスヤ漏れてる寝息すらも吸いこみたいくらい可愛い。

顔なんて、ものすごく小さいし。

頬に触れると、やわらかくて。

大きな瞳に、小さなうるうるの唇。

傷みを知らない、綺麗な艶のある長い髪。

外見はもちろん、内面だってしっかりしている。

　すごく控えめな性格で、素直で純粋(じゅんすい)で、心の優しい子。

　可愛いだけじゃなくて、生徒会の副会長として恥じないようにって、本人が努力しているから成績も優秀だし。

　男が守ってあげたくなるような要素を、すべて持ち合わせている。

　完璧すぎる女の子とは、まさに恋音のような子のことを言うんじゃないかって。

　おかげで、僕は毎日恋音の可愛さに振り回されて、翻弄されている。

　それに、恋音は自分が可愛いことを自覚していないから困る。

　だから、変な男が寄ってこないか、心配が絶えないところもある。

「可愛いって罪(つみ)だよね」

　寝ている恋音の唇に、そっとキスを落とす。

　昨日の夜も、僕が満足するまでずっと恋音を求め続けたから、これくらいのキスじゃ起きない。

　ほんとは、軽くするだけで離すつもりだったけど。

　小さくて、やわらかい唇にすら欲情(よくじょう)してる。

　あー……どうしよ、もっとしたい。

　恋音の唇は、触れただけで何度もしたくなる——甘い中毒性みたいなのがある。

　だから、一度触れると完全に歯止めがきかない。

「ん……っ」

　またそんな甘い声出して。

　ほんと、無意識に煽ってきてるよね。

　まだ目を覚まさないのをいいことに、さらにグッと唇を押しつけて深いキス。

　僕にされるがまま、キスされてんのたまんない。

　無抵抗なのが、またそそられるっていうか。

　たぶん、そろそろ息が苦しくなって目を覚ますはず。

「……ん、……ぅ？」

　ゆっくり、大きな瞳が開かれた。

　寝起きのせいか、ボーッとして目がとろーんとしてる。

　自分がいま何をされてるか、わかってなさそう。

「……かわいー」

「そ……あ、く……んんっ」

　寝てるときに、こっそりキスするのもいいけど。

　やっぱ、こうやって甘い声で鳴いてくれるほうが愉しい。

　キスだって、数えられないくらいしてるのに。

　いつまでも僕とのキスに慣れないで、ついてこられない恋音が可愛くて仕方ない。

「口あけようね」

「ふ……っ、ぁ……」

　キスのときに漏れる甘い吐息まで、僕の理性を完全に奪おうとしてる。

　自分の中で欲を抑えなくちゃいけないと思いつつ、恋音の声を聞くともっと欲しくなる。

　ただ、僕が満足するまで──ってなると、恋音がキャパオーバーになるから。

　どこかで必ずブレーキをかけるようにしてるけど。

「はぁ、ぅ……。寝てるとき、キスしちゃダメだよ……っ」

　やっと離してあげたのに。

　上目遣いで、瞳をうるうるさせて、頬をぷくっと膨らませて。

「そんな究極（きゅうきょく）に可愛い顔して、僕のことどうしたいの」

「え……っ？」

「まだ時間あるから、もっとしよ」

　恋音の可愛さに、幾度（いくど）となく溺れていく。

　学園では、いちおう生徒会長という立場があるから、みんなに優しく、信頼される模範（もはん）のような生徒でいないといけない。

　内心は恋音以外のことなんて、正直どうでもいいし。

　早く授業が終わって、恋音とふたりっきりになれたらいいのにさ。

　あーあ。どうやったら恋音に触れられるかな。

　僕の頭の中は、常に恋音のことばかり。

　今は休み時間で、残念ながら恋音は教室にいない。

「なぁ、空逢くんよ〜。これ見てくれよ。俺の緋羽ちゃん可愛いだろ？」

　気分が落ちてる僕の前に、何やらスマホの画面を見せつけて、絡んできた透羽。

　画面に写っているのは、ハーフツインをした、ちょっと幼い顔立ちの女の子。

　しかもこれさ、あきらかに隠し撮りみたいなアングルじゃん。

　そういえば、前に透羽が倒れて休んでいたときに、僕のところに透羽の容態を聞きに来た子だっけ。

「へー、可愛いね」

　透羽は僕が唯一、素（す）で話をできる相手。

　付き合いが結構長いし、変に気を遣わなくていいから。

「棒読み感すげーな」

「同意してあげただけ感謝しなよ」

「いや、なんでそんな上からなんだよ」

　最近透羽は、ひとりの女の子にぞっこんみたい。

　前まで、女遊びがかなりひどかったけど。

　今も、盗撮（とうさつ）まがいの写真を眺（なが）めながら、頬ゆるみまくりだし。

「まあ、お前の頭の中は恋音ちゃんで、いっぱいだもんな」

「わかってるなら、そのニタニタした気持ち悪い顔、どうにかしなよ」

「いや、顔はカンケーないだろ」

　はぁ……もうすでに帰りたい。

　ってか、早く卒業して恋音とふたり、誰にも邪魔されない場所で暮（く）らしたいなあ。

　こうして長い1日の授業が、やっと終了した。

　ようやく、僕にとっての至福（しふく）の時間——恋音と過ごせるときがきたと思ったんだけど。

　こういう日に限って、先生から面倒くさい作業を頼まれたりする。

「悪いわね、神結くんにしか頼めなくて」

「いえ、全然大丈夫です」

　はぁぁぁ……。この作業を引き受けたことによって、恋音と過ごす時間が減った。

　どんなに手際よく進めたとしても、パソコンにデータを入力して、USBに移すまで30分くらいはかかる。

　たかが30分、されど30分。

　こうして考えてる時間も無駄なので、さっさと終わらせよう。

　ちなみに、恋音には先に帰ってもらった。

　恋音はすごくいい子で、作業が終わるまで待ってるなんて言ってくれた。

　いや、もちろんそれもすごくうれしいんだけど。

　すぐそばに恋音がいれば、僕の集中力なんて無いも同然。

　作業どころじゃなくなるだろうから、恋音には悪いけど先に帰ってもらうしかないなって。

　もちろん、学園から寮までひとりで帰すのは心配なので、ボディーガードを呼んで一緒に帰らせた。

　恋音は過保護すぎって言うけれど、あんなに可愛い子、いつどこで誰が狙ってくるかわからないから。

　僕も心配が絶えない。

　予定よりも少しオーバーしてしまい、帰る時間が遅れて

しまった。

　ってか、あのパソコンなんであんな動作遅いわけ。

　イライラしすぎて、危うく画面を壊すところだったし。

　寮の部屋に着くと、いつもは先に着替えをすますけど。

　今は恋音の顔が見たくて仕方ないので、真っ先に恋音が

いるであろうところへ。

「あっ、空逢くん！　おかえりなさい！」

　僕を見つけた瞬間、とてつもない破壊力の笑顔がこちら

に向けられた。

　え、まって。この子、なんでこんなに可愛いの。

　ツインテールに、真っ白の可愛い部屋着に、クッション

を抱えてソファに座ってる姿、可愛すぎない？

　僕の心臓を止める気……？

　さっきまでのパソコンへの怒りなんか、ぜんぶどこかへ

ぶっ飛んでいった。

「……ただいま。遅くなってごめんね」

「ううん。作業大変だった？　お疲れさま」

　あー……将来、恋音と結婚して僕が仕事から帰ってきた

ら、いつもこのやり取りができるって、控えめにいって最

高すぎない？

「すごく大変だった、死ぬかと思った」

「えぇっ、そんなに大変だったんだね。大丈夫……？」

　僕の簡単な嘘を本気で信じて、心配そうな顔してる。

　あぁ、この顔もすごく好き。

　うるうるした瞳で、ちょっと首を傾げて……可愛い。

「大丈夫じゃないから、どうしよっか」

「じゃあ、ごはん準備したから先に食べる？　あ、でも疲れてるから、お風呂が先のほうがいいかな」

「選択肢いっこ足りないね」

「え？」

「恋音に甘えたい放題がいいなぁ」

「なっ……、そ、そんなのないです……！　冗談ばっかりダメだよ！」

　僕、結構本気なんだけどね。

　まあ、これ以上攻めると恋音が困っちゃうだろうから。

　今は、おとなしくしようかな。

　"今は"……ね。

　時刻は夜の10時を過ぎた。

　そろそろ恋音が眠くなる時間帯なので、ふたりでベッドのほうへ。

「ほら、もっと僕のほうおいで」

「う……ん」

　ギュッて抱きついて、僕の腕の中にすっぽり収まってる。

　小さくて華奢な身体なのに、どこかやわらかさがあって、ずっと抱きしめていたいと思うほど。

　恋音の長い髪から、ふわっとシャンプーの匂いがして、いろんな欲を抑え込むのが大変。

　寝る前、いつもなら僕が満足するまで離さないけど、今日は恋音が今にも意識を飛ばして寝ちゃいそう。

　疲れてるみたいだから、あまり無理はさせたくない。

　僕と恋音みたいに、契約をしてる吸血鬼と人間は、お互いの体調を気遣うことがすごく大切。

　だから、今日はおとなしく寝かせてあげたいのに。

「そあ、くん……？」

「どうしたの？」

「血、欲しくない……？」

　上目遣いで、自分から首筋をチラッと見せてくるとか。

　この子、僕に襲われたいの？

　せっかく我慢して、何もしないで抑えてるのに。

「んー……、今はいいよ。恋音も疲れたでしょ？」

　ほら、僕はこんなに我慢してるんだから。

　これ以上、煽るようなことしたら——。

「わ、わたしは大丈夫、だから。空逢くんの、したいようにしてくれたら……っ」

　はぁぁぁ……こっちの気も知らないで。

　そんな誘うような文句どこで覚えてきたの。

　僕の我慢は、ぜんぶ水の泡になった。

「……恋音は、僕の理性をぶち壊すのが得意みたいだね」

「へ……っ」

「せっかく寝かせてあげようと思ったのに。そんな可愛いこと言うなら、我慢しないよ」

　恋音を組み敷いて、自分が真上に覆いかぶさる。

「あわわ……っ、まって……」

「今さら慌てても遅いよ」

「ひゃっ、ぅ……」

　首筋を舌でツーッと舐めただけで、恋音の身体はピクッと反応する。

　それに、本人は声を我慢しようとしてるんだろうけど、抑えられなくて漏れてる声が、またそそられるって気づいてないんだよね。

「声、我慢しなくていいよ」

「やっ……。変だから、聞かないで……っ」

「どうして？　ほら、こんな可愛いのに」

「あぅ……っ」

　吸血するときは、なるべく恋音の身体に負担をかけないようにしたいけど。

　こんな甘い声で鳴かれたら、ほんと抑えきかない。

　それに恋音の血が、異常なくらい甘すぎるから。

　おそらく、恋音の血は特殊だと思う。

　常に甘い匂いがして、こんなの欲しがらない吸血鬼はいないだろう。

　初めて恋音から血をもらったときは、その甘さに気を失いそうになった。

「そあ……くん、手つないで……っ」

「ん、いいよ」

　小さな手をギュッと握る。

　こんなに小さな身体で、僕の欲を受け止めようとしてる姿にすら、欲情するなんて。

　甘すぎる血に、理性がさらにやられてる。

あまり欲しがりすぎると、恋音が貧血を起こしかねないから、どこかでブレーキをかけなきゃいけない。

付き合ってから、恋音をもっと大切にしたいと思う反面、いろんな欲が抑えられなくなっている。

そもそも、今こうして恋音と付き合えてることも奇跡かと思うくらいなのに。

初めて恋音と出会ったのは、5歳の頃だった。

僕の家系は、吸血鬼のなかでも名家と呼ばれるほど。

その家のしきたりで、僕の家に仕えている家系の娘と契約することが、幼い頃から決まっていた。

正直、僕は契約するとかしないとか、どうでもいいと思っていたけど。

恋音と出会って、その考えは一変した。

初めて恋音を見たとき、世の中にこんなに可愛い子がいるのかって、軽く衝撃を受けたのを今でも覚えている。

それから何度か顔を合わせるたびに、どんどん恋音に惹かれている自分がいた。

ただ、恋音は僕に対して恋愛感情はなくて、家の決まりで仕方なく僕と契約してくれているんだって。

それでもいいと思った。

恋音が、ずっと僕のそばにいるなら、家柄を理由にしてでも、ぜったい手離したくないって。

だから、恋音が僕に好きだと伝えてくれたときは、ほんとにびっくりした。

まさか、僕と同じ気持ちでいてくれたなんて。

「……好きだよ、恋音」

「急にどうしたの……っ?」

「伝えたくなっただけ」

　だからこそ、これからも恋音を大切にして、ずっと僕のそばでたくさん愛してあげるから。

「わ、わたしも……空逢くんのこと好き……だいすきっ」

「っ……」

　あぁ……またそうやって僕を虜にして、とことん翻弄するんだから。

　そして、ある日の放課後。

「さあ、空逢くん。これはなんでしょうかー?」

　透羽が何やら差し入れと言って、怪しげな小瓶に入った飲み物を持ってきた。

「なんなの、毒でも盛るの?」

「まさかー。そんなひどいことするのは、空逢くらいだろ?」

「僕のことなんだと思ってるの」

　ほんと、失礼なことばっかり言ってさ。

「まあまあ、そう怒るなって。遠慮しないで、これ飲んでみ？最近吸血鬼の間で流行ってる栄養ドリンク」

「してないし。ってか、そんな得体の知れないもの飲むわけないでしょ」

「それなら恋音ちゃんに飲ませちゃうぞ♡」

「……ふざけてんの、死にたいの?」

「ジョーダンだって」

　冗談とか言いつつ、恋音に飲まされても困る。

　透羽なら、ノリでやりかねないし。

「たぶん効き目ないだろうし、ほら量も少ないし？」

　あまりにしつこいから、渋々飲むことにした。

　これがのちに、自分を苦しめることになるとも知らずに。

「味の感想は？」

「んー……あまくどい」

　少量だったけど、口の中に変な甘ったるさが残ってる。

「身体のほうは？　特になんもなし？」

「別に普通だけど」

「ほー。じゃあ、やっぱりあんま効果ないのか」

「どういうこと」

「んー。まあ……そりゃ、ね」

「なんなの、その怪しそうな顔。ムカつくんだけど」

「まあ、怒るなって。ちょっと変な気分になる成分が入っ
てるくらいだからさ」

「……は？」

「あんま効いてないみたいだし。やっぱ、微量だとそんな
効果ないんだろうなー」

「……最悪。よくも僕で実験してくれたね」

「わーお。空逢くん、ちょっとお怒り気味ですか？」

「……ふざけてんの？」

「まあまあ、落ち着けよ。ほら、もう飲んで10分くらい経っ
てるけど、特に何もないだろ？」

「何か起こったら、どう責任取ってくれるわけ」

「んー。まあ、そこは空逢くんの理性で、なんとかしてもらうしかないねー」

　飲まされた怪しい飲み物の効果は、いつどれくらい効くのか、まったくわからないまま。

　教室を出て恋音が待っている寮に帰るかどうか、一瞬すごく迷った。

　……それに、さっきまで身体に異常はないと思っていたけど。

　少しだけ、内側が熱いような気がする。

　気のせいであると思いたいけど。

　じわじわと、何かが効き始めているような。

　あー……、これたぶんまずい。

　恋音が欲しくて止まらないときと、ほぼ同じ状態。

　はぁ……これ、いつまで続くわけ。

　とりあえず、このまま恋音がいる寮に帰るのは、確実にまずい。

　今日もし、ずっとこの状態が続くのであれば恋音のそばにいるのは、かなり危険。

　こんなクスリのせいで襲うなんて論外だし。

　悩んだ結果、スマホを手に取り通話のボタンを押した。

『もしもし？』

『あ、恋音？　急に電話してごめんね』

『ううん、大丈夫だよ？　どうかしたの？』

『すごく急で悪いんだけどね。今日は寮に帰れないんだ。屋敷のほうに帰る用事ができて』

『えっ……』

　あきらかに声のトーンが落ち込んで、シュンとしてる。

『寮に恋音だけだと心配だから、屋敷からメイドとボディー
ガードは付けるようにするから』

『……』

『恋音？』

『今日、わたしひとりなの……っ？』

『うん、ごめんね』

　なるべく平然を装って話してるつもり。

　ただ……恋音の声を聞いただけで、心臓がおかしいくら
いにドクドク音を立ててる。

　うわ……最悪。効果抜群じゃん……。

『空逢くんと会えないの、やだ……よ』

　お願いだから、そんな可愛いこと言わないで。

　僕が今どんな状態か知らない恋音は、さらに。

『さ、寂しいよ……っ。空逢くんがいてくれないと、心が
死んじゃう……』

　あぁぁぁ……この子どこでこんな殺し文句覚えてきたの。

　僕の心臓も、違う意味で死にそう。

『どうしても、帰ってこれない……？　それか、わたし
も一緒にお屋敷に行くのは迷惑……かな』

　自分の中で、いろんなものが葛藤してる。

　恋音に寂しい思いをさせたくない。

　だけど、いま恋音とふたりっきりになれば、何をするか
わからない。

　あぁ、もうこれどうしたらいいわけ。

『ご、ごめんね。わがままばっかり……』

『いや、恋音は悪くないよ』

『でも……』

『やっぱり寮に帰ることにするね。恋音に寂しい思いさせちゃダメだし』

　結局、恋音に甘い僕は根負けして、帰らないという選択を取れず──。

　クスリがいちばん効き始めているであろうときに、寮に帰ってきた。

　あー……これ、本格的にまずい気がしてきた。

　身体全身が火照って、頭の芯までボーッとしてるような感覚。

「そ、空逢くんどうしたの?」

　帰ってきて早々、僕の体調を心配する恋音。

　やばい……顔見て声聞いただけで、脈が異常なくらい速くなってる。

　壁に手をついて、しっかり自分を取り戻そうとするんだけど。

「空逢くん?　大丈夫?」

「っ、……」

　ひょこっと心配そうに僕の顔を覗き込んでくる。

　あぁ……今すぐめちゃくちゃにキスして、ベッドに押し倒したい。

「え、あっ、身体すごく熱いよ……！　もしかして体調悪
かった？」

「悪くない……っ、けど……」

　少し身体に触れられただけで、尋常^{じんじょう}じゃないくらいクラ
クラする。

　それに──恋音の甘い匂いが……さらに危険なほうへと
誘い込んでくる。

「はぁ……っ、思ったより効きすぎてる」

「え？」

「もう無理……。うまく抑えきかない」

　我慢してたら、本気でおかしくなりそう。

　耐えられないほどの、身体の熱と息苦しさ。

「そ、そあく……んんっ……」

　自分の欲を、恋音の小さな唇にぶつける。

　やわらかい唇が触れた瞬間、自分の中で何かがグラッと
崩れる音がした。

「もっと……もっと、甘い恋音ちょうだい」

「ん、まっ……」

「まてない、無理」

　強引に唇を塞いだまま、恋音をベッドに押し倒した。

　いつもは少しくらいなら余裕あるけど、今は完全に理性
がプツッと切れてる。

「はぁ……ぅ、そあく……んっ」

　自分を見失ってると、どう加減したらいいのか、まった
くわからなくなる。

触れてる唇から伝わる熱が、これでもかってくらい僕を
おかしくさせて。

「ん……ふっ……」

キスのときに漏れる甘い吐息すらにもクラッときて、ぜ
んぶ奪われていく。

恋音も、キスが苦しいのか無意識に僕のブラウスをつか
んでくる。

「そあ、くん……、もう……っ」

唇をずらして、限界のサインを送ってきてる。

だけど、正直いまの僕には、まったく余裕ないから。

顎をつかんで、指先で口をあけさせると。

「はぁ……っ」

キスのせいで潤んだ瞳に、火照った頬。

僕にされるがままになって、口あけてまってるのエロす
ぎない……？

「……可愛すぎて死ぬ、無理」

「んぅ……っ」

息が乱れた状態で、また唇をグッと押しつける。

ゆるんだ小さな口の中に、自分の熱をスッと入れると。

恋音の身体が、わずかにピクッと跳ねた。

「……気持ちいい？」

「んぁ……、わか、んない……っ」

ってか、このクスリの効果いつまで続くわけ。

頼むから、さっさと効果切れてくれないと困る。

こんなクスリのせいで、恋音のぜんぶを奪ったなんて、

彼氏として失格すぎるから。

　それから、何度も何度も恋音を求め続けて──。

　どれくらいの時間、何回キスしたかも数えられないくらい夢中になっていた。

　そして、やっとクスリの効果が落ち着いてきた。

「うぅ……なんで、こんなにキスばっかり」

　僕の胸を軽くポカポカ叩きながら、恥ずかしそうにしてる恋音。

「唇がヒリヒリしてる……」

「たしかに、ずっとキスしてたもんね」

「うぬ……っ。だって、空逢くん全然止まってくれないからぁ……」

「あんなにキスされるの嫌だった？」

　これで、もう二度と空逢くんとキスしないなんて言われたら、僕これから生きていけないからね。

　あのクスリを飲ませた透羽を、一生恨むことになりそう。

「い、いきなりされて、びっくりしたけど……」

「けど？」

　恥ずかしそうに、顔を真っ赤にして。

　とっても可愛い上目遣いで、僕のことを見て。

「空逢くんとキスするの、すき……だから」

「っ……」

「もっと、たくさんしてほしい……かな」

　あぁ、また僕はこうやって、どんどん恋音の可愛さに溺れていくんだ──今もこれから先もずっと。

特別な甘い夜。

　とある冬の日の夜中のこと。

「ん……ん……っ？」

　いつもどおり、空逢くんと一緒にベッドに入って、眠っていたはずなのに。

　何やら唇にやわらかいものが触れて、息がだんだんできなくなってきてる。

　意識が少しずつ戻ってきて、目をゆっくりあけると。

　薄暗い中、空逢くんの顔がほぼ目の前にある。

　え……えっと……これはキス、されてる？

　朝こうやってキスされるときは、あるけど。

　おそらく今はまだ夜中。

「そ、そあ……くんっ」

　わたしが目を覚ましたことに気づくと、ゆっくり唇を離した。

　なんでキスしてたのって聞こうとしたら。

　先に空逢くんが口を開いた。

「恋音。お誕生日おめでとう」

「へ……？」

　お誕生日……？　えっ、わたし今日誕生日だっけ？

「やっと18歳になったね」

「えっと……」

「もしかして、自分の誕生日忘れちゃった？」

　空逢くんがクスクス笑いながら、スマホのロック画面を見せてきた。

　表示されている日付と時刻は12月7日、午前0時3分。

　あっ、ほんとだ。今日わたし誕生日だったんだ。

「その様子だと忘れてたみたいだね」

「あ、うん」

　小さい頃は、自分の誕生日が楽しみで覚えていたけど、高校生にもなったら、すっかり忘れてしまうもの。

「僕はちゃんと覚えてたよ。だからね、いちばんにお祝（いわ）いしたくて」

「ま、まさか、日付変わった瞬間からキス、してたの？」

「もちろん。毎年してたよ？」

「え……!?」

　い、今とんでもないことを口にしたような気がするよ!?

「あ、でも唇にしたのは今年が初めてかな」

「なっ……ぅ」

　悪びれた様子もなく、にこにこ笑ってる。

「うれしいなあ。今年は恋音の彼氏として、お祝いできるなんて」

　ちょうど今日は土曜日。

　だから、空逢くんと1日ずっと一緒にいられる。

「とびきり甘やかすから、覚悟してね」

　もう一度キスを落として、眠りに落ちた。

　次に目が覚めたのは、外が明るくなってから。

「よく寝てたね。おはよう」

　目を開けたら、もうすでに空逢くんが起きていて、窓から入ってくる日差しがまぶしい。

「お、おはよう。空逢くんは、もう起きてたの？」

「恋音の寝顔をずっと見てた」

「み、見なくていいよぉ……」

　壁にかかる時計で、時間を確認したらびっくり。

「え……あ、もうお昼前？」

　休みの日とはいえ、こんな時間まで寝ていたなんて。

「そうだね。まあ、今日は休みだし、こうやってゆっくりした朝もいいんじゃない？」

　にこっと笑って、わたしの髪にチュッとキスを落としてくる。

「それに、今日は恋音の誕生日だからね。特別にお祝いしないと」

「お、お祝いなんていいよ……っ！　わたしは、空逢くんと一緒にいられたら、それですごく幸せだから！」

「恋音は、ほんとにいい子だね。でもね、僕がお祝いしたいから。今日が恋音にとって特別な日になるように」

「わたし、空逢くんにしてもらってばかりなのに」

「そんなことないよ。僕が恋音のためにしてあげたいと思ってるだけだから」

　こんなに甘やかしてくれて、優しいのは空逢くんだけだと思う。

「もうすぐお昼だし。何か食べてから出かけようか」

「どこか行くの？」

「そうだね。恋音の今日 1 日、ぜんぶ僕がもらうから」

　こうして、お昼を食べてから出かけることになった。

　外出届のほうは、もうすでに空逢くんが出してくれているみたい。

　お昼を食べ終えて、早速準備にとりかかろうとしたんだけど。

「じゃあ、出かけようか」

「えっ。わたしまだ着替えてな――」

「迎えの車は呼んであるから」

　わたしの返事は、まるっとスルー。

　まだ部屋着のままだし、髪も軽くブラシでとかしただけなのに。

「じゃあ、行こうか」

「え、ええ……!?」

　いきなりお姫様抱っこされて、部屋着のまま強制的に車へ連れて行かれてしまった。

「外は寒いから、僕のコート貸してあげるね」

「うぅ……なんでこんなことに」

　とんでもない姿のまま、車がどこかへ向けて動き出した。

「寒くない？　もう少し暖房の温度あげてもらおうか」

「だ、大丈夫。えっと、今からどこ行くの？」

「着いてからのお楽しみかな」

　それにしても、わたしだけ部屋着なのおかしくないかなぁ……。

空逢くんは、スーツを着てるのに。

車で揺られること30分くらい。

とあるビルの前に到着。

運転手さんが車の扉を開けてくれて、先に空逢くんが降りた。

「恋音おいで」

「うっ、こんな格好なのに……」

「大丈夫。僕が抱っこしてあげるから」

お姫様抱っこでビルの中へ入ると、パッと明るい照明（しょうめい）と真っ白の広々（ひろびろ）とした空間。

それに、スーツを着た女の人が3人、お辞儀をしてる。

え、えっ？　ここはどこ？　何かのお店？

「神結さま。お待ちしておりました」

「どうも。それじゃあ、早速恋音に合いそうなものをすべて並べてくれる？」

ひとり置いてけぼり状態のわたしを差し置いて、洋服がたくさんかけられた、ハンガーラックが運ばれてきた。

そのあとも、服に合わせた靴（くつ）やカバン、アクセサリーなども何種類か並べられた。

服やアクセサリーの数にびっくりして、目も口も開きっぱなし。

「え、えっと……これは」

「せっかくの恋音の誕生日だからね。恋音が気に入ったものをプレゼントしようと思って」

それにしても数が多すぎるような。

　しかも、これってお店ごと貸し切りにしてるんじゃ。

「そ、そんな悪いよ。普段から空逢くんには、たくさんしてもらってるのに」

「いいんだよ。僕がしたくて勝手にやってるだけだから」

「で、でも……」

「特別な日にしたいと思ってるから。僕のプレゼント受け取ってほしいな」

　こうして、いくつかある洋服の中から選ぶことになったんだけど。

　たくさんありすぎて、これじゃ選べないよ。

　しかも、どれもパーティーに行くようなドレスばかり。

　とりあえず、お店の人が選んでくれたものを、いくつか試着することになったんだけど。

　大人っぽい黒や赤系のドレスとか、普段わたしが着ているようなピンクや白系のフェミニンなドレスもあったり。

　ただ、ぜんぶに共通して——どれも首元がしっかり見えるものばかり。

　店員さんに着せてもらったのは、いいけど。

　真っ黒で身体のラインが結構はっきり出てる、足首まで隠れる長さのもの。

　正直、スタイルに自信がないから、全然似合ってないよぉ……。

「恋音、どうしたの。早く僕にも見せて」

「うっ、や……。は、恥ずかしくて無理……です」

　試着室のカーテンをギュッと握りしめて、顔だけひょ

こっと出してる状態。

「早く見たいなあ。恋音の可愛い姿」

　座っている椅子から立ち上がって、こっちに近づいてきてる……！

　あわわっ、どうしよう……！って慌ててる間に、空逢くんが試着室の前に。

　そのままカーテンを開けられてしまった。

「普段の恋音と違って、すごく大人っぽいね」

「ぅ……っ」

「どうしてそんな恥ずかしがってるの？」

「だ、だって……わたし、そんなスタイルよくない、から」

「そんなことないよ。すごく似合ってるのに」

　そのあとも、何着か試着を繰り返してるときも。

「恋音は何を着ても似合うから、困っちゃうね」

　空逢くんは、その様子を飽きずに、ずっとにこにこ笑顔で見てる。

　かなり時間をかけて選んだ結果──フィッシュテールドレスと呼ばれる前の丈が短くて、後ろの丈が長いものに決まった。

　淡い水色に、ウエストの部分にリボンがあって可愛らしい中にも、品があるもの。

　真っ白のファーコートに身を包んで、靴も少しヒールのあるものを選んでもらった。

「ドレスよりも恋音の可愛さが勝ってるね」

「そ、そんなことないよ」

　そのあと、また別の場所に移動して髪のセットからメイクまでぜんぶやってもらった。

　髪は毛先だけゆるく巻いてもらって。

　メイクも普段あまりしないけど、ピンクのうるっとしたリップがすごく可愛いなぁって。

　至れり尽くせりとは、まさにこのことのような。

　こんな格好をして、どこに行くのかと思ったら。

「少し早いけど、ディナーにしようか」

　てっきり、どこかのレストランに行くのかと思っていたら、まったく想定外な場所へ。

「えっ、ここって」

　目の前に用意された、ものすごく大きな船。

「せっかくの恋音の誕生日だから、ここでお祝いしようかなって」

「ええっ」

「ほら、早く行こう」

　戸惑ってばかりのわたしの手を引いて、船の中に入る空逢くん。

　他の人もいるのかと思いきや、中には誰もいなくて貸し切り状態だった。

　大きな窓から、外の景色が一望できる席につく。

「料理はコースで頼んであるから。飲み物だけ好きなものオーダーするといいよ」

　うぅ……わたしだけ場違い感がすごいような。

　空逢くんは、ばっちり合ってるけど。

　しばらくして船が動き出した。

　ふたりっきりだけど、ものすごく緊張しちゃう雰囲気。

　運ばれてくる料理も、どれも普段食べ慣れていないようなものばかり。

「恋音？　もっとリラックスしていいんだよ」

「う……っ」

　真っ正面にいる空逢くんは余裕そうにしていて、このクルージングの雰囲気にすごく合ってる。

　わたしも、空逢くんみたいに余裕があったらいいのに。

「もしかして、あまり気に入らなかった？」

「そ、そんなことないよ！　素敵なドレス選んでくれて、こんな素敵な船でお祝いしてもらえて、すごくうれしいよ……！　ただ、すごく緊張しちゃって」

「そっか。それじゃあ、少しだけ外の風にあたる？」

　デザートが終わってから、テラスのほうへ。

　テラスへ出ると、冷たい風が吹いてる。

　ライトアップされた夜の街は、とても綺麗。

「寒くない？」

「コートがあるから大丈夫だよ」

　緊張しすぎて、ちょっと身体が熱かったから、夜風がひんやりして気持ちいい。

　ボーッと夜景に見惚れていると。

「綺麗だね」

「う、うん」

　後ろから、空逢くんにギュッと抱きしめられた。

　冷たい風にあたっているはずなのに、空逢くんがそばにいたら、心臓がドキドキして簡単に熱があがっちゃう。

「あのっ、空逢くん」

「ん？」

「今日は、ほんとにありがとう。いつも、たくさん空逢くんにしてもらってるのに、今日もこんなに素敵な時間を作ってくれて、ありがとう」

　恋人として、こうして一緒に過ごせているのが、すごく幸せで。

　これからも、ずっとずっと……空逢くんのそばにいたいって気持ちが強くなってる。

　来年もその先も……こうして、ふたりでお祝いできたらいいな。

「じゃあ、お礼として──これもらってくれる？」

「え……？」

「少しだけ目つぶって」

　言われたとおりにすると。

　何やら左手を取られて──何かひんやりするものが指に通されたような気がした。

「はい、開けていいよ」

　ゆっくり目を開けると──左手の薬指に輝くシルバーの指輪。

　目をパチクリして固まったまま。

「えっ……これって……」

「僕からのプレゼント」

　そのまま、指輪がはめられた薬指に軽くキスを落としな
がら。

「だいすきだよ、恋音。これからもずっとそばにいさせてね」

「うぅ……っ。わ、わたしも……っ」

　どうしよう。うれしくて涙が出てきちゃう。

　こんなたくさんのサプライズ聞いてないよ……っ。

「泣かせちゃったね」

「だ、だって……、わたし空逢くんにたくさん幸せもらっ
てばかりで。わたしは何も……っ」

「そんなことないよ。僕だって、恋音からたくさん幸せも
らってる。いつも僕のそばにいてくれてありがとう」

　そんなこと言われたら、もっと涙で視界がいっぱいに
なっちゃう。

「わ、わたしのほうこそ、いつもありがとう……っ。空逢
くんすごく素敵な男の子だから、わたしも空逢くんに見合
うような子になれるように、がんばる……っ」

「いいんだよ。恋音は、そのままでいてくれたら」

「で、でも……んっ」

　唇に伝わるやわらかさ。

　ただ触れるだけで、少ししてから惜しむように離れて
いった。

「泣いてる恋音があまりに可愛くて」

「なっ、ぅ……」

「早く恋音が僕だけのものになったらいいのに」

　またもう一度、触れるだけのキスが落ちてきた。

　幸せ気分のまま、ナイトクルーズが終わった。

　このまま寮に帰るのかと思いきや。

「今日はここに泊まる予定だから」

　連れてこられたのは、とっても高そうなホテルの最上階の部屋。

　空逢くんがカードキーで扉を開けると、とてつもない広さの部屋と、窓からものすごく綺麗な景色が見える。

　船から見たときと違って上から見る夜景は、もっと綺麗に映ってる。

「わぁぁ、すごい……！」

　吸い込まれるように窓のほうへ。

　外の景色に釘付けになっていると。

　急に後ろから腕を引かれて、真っ正面からギュッて抱きしめられた。

「……やっとふたりになれたね」

　ちょっと危険なささやきが聞こえる。

　いつもだったら恥ずかしがってばかりで、あまり積極的にはなれないけれど。

　気分が、ふわふわ酔ってるような感覚。

　だから、ギュッて力を込めて抱きしめ返してみた。

「……珍しいね、恋音からきてくれるなんて」

　たくさんの幸せをもらったから。

　自然と……空逢くんに触れたいって気持ちがあふれた。

「空逢……くん」

「ん……？」

　いつもなら、ぜったい自分からはしないけど。

　つま先立ちで、背伸びして。

　空逢くんの唇に触れるように、そっと自分のを重ねた。

「……こ、のん？」

　いつも余裕そうな空逢くんが、グラッと崩れていた。

　唇が触れたまま……じっと見つめ合って数秒。

「っ……ずるいね、不意打ち」

「ん……んんっ」

　腰のあたりに腕を回して、さらに深いキス。

　唇ぜんぶ食べられちゃいそう……っ。

　キスされたままドサッと音がして、ベッドに押し倒されたのがわかる。

「そあ、くん……っ」

　反射的に、空逢くんのジャケットをつかむと。

　その手を取られて、両手をベッドに押さえつけられた。

「はぁ……っ、もっと……」

「ぅ……ん」

　甘くて溶けちゃいそう……。

　頭も少しずつボーッとしてきて。

　ただ、酸素が欲しくて……でも、この苦しさもどこか気持ちよくて。

　身体の内側がジンッと熱い。

「……どれだけしても足りない」

「ま……って」

　乱れた呼吸のまま、わずかに唇が離れて、ちょっと口を

あけると。

「……んっ、ぅ……」

　こじあけるように、舌が強引に割り込んでくる。

　熱くて全身が溶けちゃいそう……っ。

「もっと……恋音に触れたい」

　キスをしながら、背中のほうに腕を回して。

　ドレスのファスナーがおりる音がする。

「やぁ……っ」

　身体をちょっとよじって、首を横に振ると。

　空逢くんは、切羽詰まったような顔をして、何かを吐き出すように深くため息をついた。

「あー……ダメだね。キスだけで止めなきゃいけないのに」

　もっと欲しいって、熱っぽい瞳で見つめてくる。

「恋音を目の前にすると、理性が正常に働かない」

　これ以上は、ぜったいに触れないように、進まないように……グッとこらえてるのが伝わってくる。

「……我慢しなきゃいけないのにね」

　キスよりもっとを我慢するのって、すごくつらいことなのかな。

　いつも恥ずかしがって、先に進めないわたしのペースにずっと合わせてくれていた。

　だから……いつまでも、空逢くんの優しさに甘えてちゃダメな気がする。

「い、いいよ……、我慢しなくて」

「……ダメでしょ。そんな誘うようなこと口にしちゃ」

空逢くんの人差し指が、トンッと軽く唇に触れる。

「そ、そあくんになら、キスよりもっと……されてもいいもん……」

あぁ、どうしよう。ものすごい大胆なこと言ってる。

もう、あとには引き返せないから。

だったら——。

「そあくんに、ぜんぶあげる……っ」

「っ、ほんと僕をどこまで虜にしたら気がすむの」

ちょっと困った顔をした直後、とびきり優しいキスが落ちてきた。

少し触れただけで、すぐに離れていって。

ただ、お互いの距離は近いまま。

「……ほんとに恋音のぜんぶ、もらっていいの？」

「うん……。空逢くんのしたいようにしてくれたら」

控えめに見つめたら、今度は強引に唇を塞がれて、余裕のないキスが落ちてきた。

恥ずかしいなんて、気にしていられたのは最初だけ。

甘いキスに、触れられる体温——ぜんぶにドキドキさせられて、自分が自分じゃないみたい……。

「可愛い顔、もっと見せて」

「むり……やっ……」

「……感じてるの可愛いのに」

「ひゃぁ……んっ」

身体のどこを触られても、声が抑えられない。

空逢くんの触れ方も、優しかったり強くグッと攻めてき

たり。

　熱がどんどんあがって、分散しないもどかしさに襲われ
ながら。

「そんな……されたら、おかしくなっちゃう……っ」

「……いいよ、おかしくなれば」

「ん……やぁ……」

「ほら……もっと僕で狂って乱れてよ」

　熱い、甘い、痺れる——。

　今まで感じたことない強い刺激を身体に与えられて。

「はぁ……っ、やば。止まんない」

　熱い波が押し寄せて、クラクラする。

　……のに、刺激は止まらないし、息が乱れてるのに何度
も唇を求められて。

　ぜんぶを奪われちゃうような、甘さに溺れて堕ちていき
そう。

　意識がだんだんと朦朧としてきて、手放す寸前。

「……恋音だいすきだよ。一生、僕のそばにいて」

　これでもかってくらい、たくさん愛してもらって。

　18歳の誕生日は、特別で——とっても甘い夜になった。

内緒でイケナイコト。

　短かった冬休みが明けた１月のこと。

　月日が流れるのはほんとに早くて、今日は生徒会メンバー解散の日。

　生徒会室で、４人集まるのが今日で最後になる。

　いったんメンバーは解散になるので、今日は４人とも自分の荷物を片づけたり、生徒会室の掃除をしたり。

　わたしと空逢くんは卒業だけど、紫藤くんと黒菱くんは３年生に進級だから。

　ふたりは、また生徒会に入ったりするのかな。

「ここの生徒会室とお別れなんて寂しいね」

「会長、ほんとにそう思ってます？」

「思ってるよ。櫂はいつもと変わらないね。もう少し寂しがってくれたらいいのに」

「まあ……なんだかんだ、会長と仕事できて楽しかったですよ。いちおう、先輩として尊敬してるところもありましたし」

「それが本音でしょ？　櫂も可愛いところあるね」

「ムカつくんで、やっぱり今の撤回してください」

「照れなくていいよ？」

「照れてません。うざいのは漆葉先輩にベッタリしてるときだけにしてください」

　ふたりとも、変わらずに楽しそう。

　こういうやりとりが見られるのも今日が最後だと思う
と、やっぱり寂しいなぁ。

　自分の机の中を整理していると、黒菱くんに借りていた
資料が引き出しからひょっこり出てきた。

　あっ、これ返さないと。

「く、黒菱くん。これ、ずっと借りたままで返すのすっか
り忘れてて」

「あー……。別に大丈夫ですよ。わざわざありがとうござ
います」

　黒菱くんは、普段から寡黙だからあまり話すことがな
かったし。

　思い返してみると、もっとわたしのほうから話しかけた
らよかったのかな。

「あっ、えっと、約2年間ありがとう。至らないところばっ
かりで、黒菱くんにも紫藤くんにも、たくさん迷惑かけ
ちゃって」

「……いえ。俺のほうこそ、ありがとうございました。漆
葉先輩と話してると会長に殺されると思ってたので、あん
まり話す機会なかったですけど」

「そんなに空逢くん怖かったかな？」

「いや……。普段の会長はすごく優しいですし、信頼して
ます。けど、漆葉先輩のことになると、おかしいくらい嫉
妬すごいんで」

　……なんて、こんな会話をしていると。

「そこふたりは、すごく仲が良さそうに話してるね？」

　にこにこ笑顔の空逢くんが、こっちにやってきた。

「あー……いや、これは最後だから少し話してるだけです」

「わ、わたしからね、黒菱くんに話しかけたの！」

「へぇ、そっか。すごく楽しそうだから妬けちゃうなあ」

　まるで、黒菱くんと紫藤くんに見せつけるみたいに、わたしのことを抱き寄せてくる。

「会長、最後くらいおとなしくしたらどうです？　男の嫉妬は見苦しいですよ。璃来も引いてます」

「恋音が可愛くて心配なだけだよ」

「俺も璃来も、会長を敵に回したらやばいって知ってるんで。漆葉先輩を取ったりしないんで、安心してください」

「……櫂の言うとおりです。漆葉先輩は可愛いと思いますけど、会長のだってわかってるんで」

「……ん？　いま璃来可愛いって言ったね。恋音のこと可愛いと思っていいのは、僕だけなんだけどなあ」

　顔は笑ってるのに、すごく黒いオーラが見えるの気のせいかな……！

「璃来……地雷踏んだね。俺は知らないよ」

「……え、俺死ぬの？」

「さあ。会長の気分次第？」

「……ゲームできなくなるじゃん」

「櫂も璃来も、言動には気をつけたほうがいいね。本音を言うなら、僕の可愛い恋音を誰の目にも映したくないけど」

　ふたりをよそに、空逢くんはわたしにベッタリ。

　紫藤くんも黒菱くんも、やれやれと呆れながら生徒会室

の奥のほうへ。

　ついに、呆れすぎて何も言えなくなったんじゃ……!?

　あたふた慌てていると、少ししてふたりが戻ってきた。

　ふたりとも後ろに何か隠してる様子。

「先輩たち、約2年間お疲れさまでした。これ、俺たちからの気持ちです」

「え、あっ……えぇ……。あ、ありがとう」

　突然渡された、ピンクのバラの大きな花束。

　まさかのサプライズに、びっくりして固まっちゃう。

「会長はブルーのバラです」

「僕もあるんだね。ありがとう」

　ふたりが、こんなに素敵なものを用意してくれていたなんて。

「漆葉先輩はピンクのバラの花言葉——しとやか、上品っていうのがぴったりだと思ったので」

「そ、そんなそんな……」

「会長は、なんとなくブルーです」

「ははっ。僕は花言葉ないんだ?」

「いちおうありますよ。ブルーのバラは、夢かなうって花言葉らしいですけど」

「へぇ、僕にぴったりじゃない?」

「さあ。知らないですけど」

「恋音とずっとそばにいるって夢が、かなってるからね」

「それはよかったですね。末永くお幸せに」

「櫂も璃来も、結婚式には招待するからね」

「その前に漆葉先輩に振られないといいですね」

　……と、まあこんな感じで２時間ほどかけて、すべての荷物が片付いた。

「じゃあ、俺たちは帰りますけど。先輩たちは、どうしますか？」

「僕と恋音は、まだやることがあるから。もう少し残っていくことにするよ」

　あれ。まだ何かやることあったっけ？

　もうある程度、終わったからわたしたちも寮に帰るのかと思ったけど。

「そうですか。じゃあ、お疲れさまでした」

「……俺も帰ります。お疲れさまでした」

　紫藤くんと黒菱くんが出ていって、空逢くんとふたりっきり。

　もうここに来ることは、ないんだって思うとやっぱり寂しいなぁ……。

　約２年間、ずっとここで生徒会のメンバーとして活動してきたから、それが終わってしまうんだって。

　同時に、あと２ヶ月もすれば卒業なんだ。

「恋音、どうしたの？　なんだか寂しそうだね」

「今日で、ほんとに生徒会が解散になっちゃうんだって思うと、ちょっと寂しくて」

「そうだね。ここで過ごした時間、結構長かったから思い出もあるもんね」

　あっ、そういえば後輩のふたりは、ちゃんと空逢くんに

お疲れさまでしたって伝えてるのに、わたし伝えてなかった……！

「えっと、空逢くんお疲れさま。会長としてのお仕事、たくさんあって大変だったよね」

「ありがとう。恋音もお疲れさま。副会長として、僕のサポートしてくれて助かってたよ」

「わたし、あんまり役に立てなかったのに……」

「そんなことないよ。恋音がそばでしっかり支えてくれていたことを、僕がいちばん知ってるから。2年間、本当にありがとう」

　うぅ……そんなこと言われたら、泣いちゃいそう。

　後輩ふたりの前では、泣かないようにしていたのに。

　空逢くんが、うれしい言葉ばかり伝えてくれるから。

　この感動の気持ちに浸ったまま、何ごともなく終わるかと思いきや。

「……さて。じゃあ、今から愉しいことしよっか」

「へ……っ？」

　どうやら、空逢くんが優しかったのはここまで。

　扉のほうへ近づいて、ガチャッと鍵をかけた。

　にこにこ笑顔で、わたしの手を引いてソファのほうへ。

「……ここでしよっか」

「す、するって……」

　空逢くんがソファに座って、わたしがその上に跨るような体勢。

「こーゆーこと」

「ひゃぁ……っ」

　スカートの中に手を滑り込ませて、太ももを指先でなぞってる。

「せっかくだから、制服着たままがいいね」

　シュルッとネクタイをほどかれて、ブラウスのボタンもあっという間に外されて。

　でも、ぜんぶ脱がさないまま。

「ま、まって……。なに、するの？」

「口にしなくてもわかるでしょ」

　空逢くんの指先がグッと力をこめて、弱いところばっかり攻めてくる。

「ダメ……っ、こんなところで……」

「どうして？」

「だって、誰か来たりしたら……」

「鍵かけたから大丈夫でしょ」

　うぅ、そういう問題じゃないのに……！

　ぜったいダメだよって、ちょっと抵抗してみる。

　でも、空逢くんは触れるのをやめてくれない。

　それどころか。

「じゃあ、恋音がその気になればいいんだ？」

「ふ……ぇ？」

　溺れるまで堕とすって――妖艶に笑ってる。

　上唇をやわく噛んで、何度もチュッと吸うようなキスを繰り返し落としてくる。

　キスの合間も、空逢くんの手はわたしの身体のいろんな

ところに触れてる。

　焦らすような手つきだったり、たまに深く攻めてきたり。

　緩急のつけ方が絶妙で……ちょっとずつ、身体が熱を持ち始めてる。

　甘い攻撃に流されないように、自分を保とうとすればするほど……どんどん甘さに堕ちていきそうになる。

「そーゆー気分になった？」

「ん、あ……ぅ」

「……聞かなくても身体は正直だね」

　指先にグッと力をこめて——でも、わたしの反応を見て、わずかに力を弱めたり。

「……ほら、恋音の身体も欲しがってる」

「やっ……ダメ……っ」

「こんなに反応してるのに？」

　ずるい……っ。触れてくるのに、わざと焦らして、欲しがるように誘ってくるから。

「身体……熱いままだとつらいでしょ」

「っ……」

「早く気持ちよくしてあげたいのに」

　ほんとはダメ、なのに。

　空逢くんのせいで、身体がおかしくなってる……から。

　求めるように空逢くんの唇に自分のを重ねた。

「……続きしていいんだ？」

「っ、聞かない……で」

「そんな可愛い瞳で僕のこと見つめるなんて——ワルイ子

だね」

　空逢くんの触れ方は、すごくずるい。

　キスはとびきり甘くて、たまに息ができないくらいのを
して。

　ぜんぶが甘くて、溶けちゃいそう。

「声、我慢して」

「ふ……っ、ぅ……」

　こんな時間で、鍵もかけてるとはいえ、生徒会室の外に
声が漏れないように我慢してるのに。

「そんな可愛いの、誰かに聞かれたらどうするの？」

「ひゃっ……やっ。そんな、強くしないで……っ」

　我慢しようとすればするほど、うまくできない。

　空逢くんも、わたしがどこを触られたら、声が出ると
か……ぜんぶわかってるから。

「……ものすごい甘い血の匂いさせて──僕のこと誘惑し
てるの？」

「ん……っ」

「あの日の夜から──恋音の血が極上に甘くて、欲しくて
たまらない」

　いきなり首筋のところを噛まれて、ビクッと身体が大き
く跳ねる。

　ただでさえ、身体に力が入らないのに。

　血を吸われて、またどんどん力が抜けていく。

「ぅ……なんで今、噛むの……っ」

「……こんな甘い匂い、我慢できないから」

　散々、身体に甘い刺激を与えられたあとに吸血されると、今まで感じたことないくらいクラクラする。

「あー……あま」

「……っ」

「こーゆーことしてるときに吸血されると、変な気分になるでしょ？」

　今わたしの身体が熱を持って、うずいてることも――ぜんぶお見通しみたいな瞳で見てくる。

「とくに恋音は感じやすいから。血を吸われると、もっともどかしくなってくるでしょ？」

「もう、やぁ……」

　わたしばっかり余裕がなくて。

　空逢くんばっかり愉しんで。

「……もっと力抜いて」

「んっ、む……り」

　いつもより、ものすごく身体が熱くて、自分の身体じゃないみたい。

　ぜんぶ、ぜんぶ……熱のせいにしたいくらい――思考が鈍ってる、せい。

「そあ、くん……、もっと……」

　気づいたら、自ら空逢くんの首筋に腕を回して、抱きついていた。

「っ、それずるいって」

　余裕がぜんぶ飛んでいったような声。

　焦らすような触れ方から一変……ものすごい刺激を与え

られて──。
「……煽った分、覚悟して」
　しばらく甘さに溺れる時間が続いた。

「まさか、こんなことになるとはね」
「ぬぅぅ……」
　今わたしは、ちょっと大きな空逢くんのブレザーを着せ
てもらってる。
「気持ちよくて腰抜けちゃった？」
「ぅ……ちが、う」
　なんでか脚に力が入らなくて、空逢くんにおんぶされて
寮に帰ることに。
「激しくしすぎたかなあ」
「うぅぅ……今その話しないで……！」
　今さらながら、生徒会室でなんてことしちゃったのって、
とんでもない恥ずかしさに襲われてる。
「声我慢してた恋音、すごく可愛かったなあ」
「も、もう忘れてください……」
　さっきまでの出来事を思い出しただけで、顔がどんどん
熱くなって耐えられないのに。
「まさか、あれでおわると思う？」
「……えっ」
「僕はまだ全然足りないから──帰ったらもっとしようね」
「っ……!?」
　空逢くんの甘さは、ほんとにあなどれない。

想いはずっと永遠に。

　寒かった冬が過ぎていき、一気に春らしさが出てきた。

　今日3月1日は卒業式。

　3年間、ほんとにあっという間だったなぁ。

　ずっと空逢くんのそばにいられて、今は気持ちが通じ合って、付き合うこともできて。

　高校は卒業だけど、紅花学園は大学もあるので、わたしも空逢くんも、そこに進学が決まっている。

　ちなみに大学は寮がないので、今いる寮を出てからは、空逢くんのお屋敷に一緒に住むことが決まっている。

「今日でやっと僕も恋音も卒業だね」

「そう……だね」

　寮の部屋の荷物は、もうすでに空逢くんのお屋敷に運んである。

　なので、今まで過ごしていた部屋の景色が、少しだけ殺風景に見えちゃう。

「どうしたの？　元気なさそうだけど」

「う、ううん。……ただ、空逢くんと過ごした場所から離れちゃうの寂しいなぁって」

　ここには、たくさんいろんな思い出があるからこそ、出ていくときは、ちょっと寂しさを感じちゃう。

「そうだね。ここで恋音とたくさんイチャイチャしたもんね。懐かしいなぁ」

「なっ……ぅ……。そ、そんなの思い出さなくていいよ！」

　空逢くんは相変わらずこんな感じで、わたしばっかりが振り回されちゃうのも変わらない。

　きっと、卒業してからも、ずっとこんな調子なのかな。

「まあ、これからも僕たちが一緒にいるのは変わらないし。僕と恋音が離れる運命なんて、ありえないからね」

「そ、そんなに？」

「そうだよ。万が一、そんなことが起こったら、僕の世界が終わるからね」

「それは大げさだよ……！」

「恋音は全然わかってないね。僕がどれだけ恋音のことが好きで仕方ないのか」

「わ、わかってる、よ……？」

　すごく空逢くんに大切にされて、愛されてるって自覚してるつもりなのに。

「ほんとかなあ。まあ、どれだけ愛しても足りないから」

「……？」

「今日の夜――また愉しいことしようね」

　とっても危険な笑みを浮かべてる。

　こ、これは……ぜったいわたしに拒否権ないやつだ。

　こうして、卒業式に向けてふたりで寮を出ることに。

　ちなみに卒業生代表の答辞は、もちろん空逢くんが読むことになっている。

　卒業式が始まるまで、しばらく教室に待機で自由時間。

　クラスメイトの子たちは、いろいろ話したり、写真を撮っ

たり。もうすでに泣いてる子もいたり。

「なんか卒業って感じしないわねー。また明日もここに来るような感覚だわ」

　サバサバしてる碧架ちゃんは、いつもと変わらない様子。

「もう卒業なんて寂しいね」

「まあ、でもわたしたちは大学も同じだから、いいじゃない？」

　碧架ちゃんも、わたしと空逢くんと同じように紅花学園の大学に進学が決まっている。あと、透羽くんも。

「そうだね。また碧架ちゃんと一緒にいられたらいいなぁ」

「もう、そんな可愛いこと言って。抱きしめたくなっちゃうじゃない」

　碧架ちゃんがうれしそうに笑って、ギュッて抱きしめてくれた。

「えへへ。碧架ちゃんだいすき……！」

「んー。ほんと可愛いんだから。わたしもだいすきよ」

　うれしくて、わたしも同じように抱きしめ返してると。

「観月さん。僕の恋音と何してるのかな」

　ちょっと……いや、かなりご機嫌が悪そうな空逢くんが登場。

　かろうじて笑っているけど、ものすごい怒ってるのがオーラでわかるような。

「あら、別にいいじゃない。それにしても、相変わらず心が狭いわねー。恋音もこんなバカ王子のどこがいいのよ」

「別によくないでしょ。恋音に触れていいのは僕だけなん

だから」

「恋音がアンタのだって決まりないでしょ？」

「じゃあ、そういう法律作ろうか」

「頭いかれたことばっか言ってるんじゃないわよ。この先、恋音がコイツの毒牙の餌食になるなんて心配すぎるわ」

　やれやれと呆れている碧架ちゃんと、にこにこ笑顔で圧力がすごい空逢くん。

　ふたりとも、見えない火花が散ってるような。

「恋音に悪い虫がつかないように、ずっとそばで守れてよかったよ。もちろん、これからも守り続けるけど」

「アンタのほうが悪い虫に見えてくるわ」

「観月さんは、僕に嫉妬してるのかな？　残念ながら、可愛い恋音は僕のだからね」

「はいはい。もうそのセリフ聞き飽きました」

　すると、何やら廊下のほうが急に騒がしくなった。

　主に女の子たちの、黄色い声が飛び交っている。

　どうやら、その中心にいるのは──。

「いやー、朝からいろんな女の子に追いかけられて大変だ」

　少し乱れた制服を直していた透羽くんだった。

「と、透羽くん大丈夫？」

「わー、恋音ちゃんおはよ。なんとか女の子たちみんな振り切ってきたけど、朝から苦労したよ」

　さ、さすがモテモテの透羽くん。

　これは、卒業式が終わったあとも大変そう。

「俺は緋羽ちゃんひと筋だからって断ってんのにさ」

「あ、えっと、透羽くんネクタイ曲がってるよ？」

「んー？　じゃあ、恋音ちゃんが直し――って、まてまて苦しい！」

　すぐさま、空逢くんが透羽くんのネクタイをつかんで、ギュッて絞めちゃってる。

　こ、これは苦しいんじゃ。

「そんなにネクタイで絞められたいのかな？」

「お、お前……顔すごく笑ってるのに、首絞めてくるって恐ろしいことするなよ」

「だって、僕の恋音に甘えようとしてるから」

「いやいや。ネクタイ直してもらおうとしただけだろ」

「そんなの自分でやればいいでしょ。恋音にやらせようとしてる時点で、下心あるとしか思えないね」

「いや、俺は緋羽ちゃん相手にしか下心ないし」

「だったら、その子にやってもらえばいいでしょ」

「残念ながら、学年が違うからなー。あーあ、早く緋羽ちゃんに会いたいなー。いいよな、空逢は愛しの恋音ちゃんが常にそばにいてさ」

　どうやら、透羽くんは相変わらず小桜さんにぞっこんみたい。

「俺は、あんなに可愛い緋羽ちゃんを、ひとり学園に残して卒業なんて気が気じゃないのにさ」

「じゃあ、留年すれば？」

「お前なあ……他人事だと思って」

「実際そうだし」

　たしか、小桜さんって１年生だっけ。

「他の吸血鬼に狙われないか心配だなー……。俺の緋羽ちゃん極上に可愛いし、純白の天使だし」

「はいはい。僕の前で惚気ないでくれる？」

「お前もいつも惚気てるくせに。俺のこと労ってくれよ空逢くん」

「無理。うざいからベタベタしないでくれる？」

「じゃあ、恋音ちゃんに──」

「……死にたいの？」

「ジョーダンだよ。そんな睨むなよ」

　……と、こんな感じで時間が過ぎていき、卒業式が行われるホールへ移動になった。

　在校生も全員参加で行われる。

　式が進んでいき、卒業生代表の答辞。

　空逢くんの名前が呼ばれて壇上へ。

　いつもとびきりかっこよくて、見惚れてしまうけど。

　今日は、とっても凛々しくて、もっともっと……かっこよかった。

　空逢くんが答辞を読んでいる間、わたしの視線は壇上に釘付け。

　きっと、今ここのホールにいる女の子……ほとんどが、わたしと同じ状態になってると思う。

　こうして、約２時間の卒業式は無事に幕を閉じた。

「うわー、廊下すごいことになってるわね」

「ほ、ほんとだ……」

　教室の外の廊下は、在校生の女の子たちでいっぱい。

　どうやら、空逢くんと透羽くん目当ての子たちが集まっているみたい。

「はぁ……ほんとなんでこんな人気なのかしらね」

「空逢くんも透羽くんも、かっこいいから」

　ふたりは、まだ教室に戻ってきていない。

　もしかしたら、戻って来る途中で女の子たちにつかまってるのかな。

「モテる男の彼女も大変ね。まあ、恋音を狙ってる男もたくさんいるだろうけど」

「わたしは、そんなことないよ」

　こんな会話をしていたら、廊下のほうから「キャー!!」って大きな女の子たちの声が。

　その中心にいるのは、もちろん――。

「はいはい、ごめんね。俺も空逢もいったん教室入りたいから通してねー」

　空逢くんと透羽くんだった。

　ふたりとも、まるでアイドルみたいに女の子たちに囲まれちゃってる。

　空逢くんは、いつもと変わらずにこにこ笑って、さらっとかわそうとしてるけど。

「神結先輩……！　卒業おめでとうございます……！」

「答辞、すごく素敵でした……！」

「これ、よかったら受け取ってください!!」

　す、すごい。今日が最後だからって、女の子たちみんな

目をキラキラさせて話しかけてる。

　中には、花を渡してる子もいるし。

　空逢くんは、モテるから仕方ないかなぁ……と思いながらも、ちょっとモヤモヤしちゃう。

　少し離れたところから、その様子を見ていることしかできない。

　卒業式が終わったら、迎えの車で一緒にお屋敷に帰る約束はしているけど。

　この調子だと、空逢くんは帰れそうにないだろうから。

　わたしだけでも、先に帰ったほうがいいかな。

「ごめんね。気持ちはうれしいけど彼女が大切だから、これは受け取れないかな」

　そう言うと、そのままわたしのほうへ近づいてきて。

「恋音、お待たせ。一緒に帰ろうか」

「え、あ……えっ」

　うっ……みんなわたしたちのほう見てるよぉ……。

　空逢くんは、周りの視線なんてお構いなしで、わたしの手をスッと取ってつないでくる。

「み、みんな……見てる……よ？」

　控えめに空逢くんを見つめると、ちょっと困った顔をしてる。

「そうだね。恋音の恥ずかしがってる可愛い顔、誰にも見せたくないなあ」

　フッと軽く笑って、ゆっくりわたしを抱き寄せた。

　教室から廊下まで、一気にざわついた。

　ど、どどどうしよう……！

　空逢くんってば、こんな目立つようなことして……！

「……どうせなら、恋音は僕のって見せつけてあげよっか」

「へ……っ」

　抱きしめる力を、わずかにゆるめて。

「いいよね、最後くらい」

「っ……!?」

　なんの心の準備もないまま、空逢くんの綺麗な顔が近づいてきて。

　ふわっと──やわらかいものが唇に触れた。

　その瞬間、今日いちばんの女の子たちの叫び声が、教室から廊下まで響き渡った。

「うぅぅぅ……もうやだぁ……！」

「そんなにキスしたの恥ずかしかった？」

　お屋敷に帰ってから、わたしはずっとこんな感じ。

　肝心のとんでもないことをした空逢くんは、悪気のなさそうな顔をして、わたしにベッタリ。

「は、恥ずかしかったじゃすまないよぉ……！」

「どうして？　いいじゃん、キスくらい」

「よくないよ……！」

　ベッドの上でクッションを抱えて、ぷんすか怒っているわたしを、後ろからギュッてして甘えてくる空逢くん。

「ほんと恋音は恥ずかしがり屋だね」

　クスクス笑って、悪びれた様子もないから困っちゃう。

「そんなところも可愛いけど」

「……んっ、や……っ」

　ちょっと強引に後ろを向かされて、キスをしてくる。

　わずかに唇をずらして抵抗してみる。

「わたし、怒ってるのに……っ」

「じゃあ、恋音のご機嫌直さないとね」

　何するのかと思ったら。

　なんでか急に、ひょいっとお姫様抱っこされた。

「えっ……な、なに……っ？」

「恋音の身体が、よろこぶこと——しようね」

　あぁ、どうしよう。何か企んでるような、危険な笑みを浮かべてるよぉ……。

　抱っこで連れて行かれたのは。

「はい、脱ごっか」

　なんでか、脱衣所のほう。

「えっ、あの……っ」

　抱っこからおろされて、空逢くんが真っ正面に立ってる。

「脱がせてほしい？」

「やっ、そうじゃなくて……！」

「じゃあ、自分で脱ぐ？」

「ま、まって……！　今からなに、するの？」

「僕と一緒にお風呂入るんでしょ」

「っ!?　な、なんで……!?」

　慌てるわたしを差し置いて、空逢くんは自分の制服のネクタイをゆるめてるし。

「だって、今まで入ったことないでしょ」

「そ、そうだけど……！　空逢くんと一緒なんて、ぜったい無理……！」

　今までずっと、お風呂だけは一緒に入るのを避けてきたのに！

　すぐに脱衣所から逃げ出そうとすれば。

　逃がさないよって瞳で、壁にトンッと手をついて阻止してくる。

「じゃあ……恋音の身体が、僕の言うこと聞くようにしちゃうよ？」

　片方の口角をあげて笑ったときに見えた、鋭い八重歯。

　舌をペロッと出して、八重歯で噛もうとしてる。

「……いいの？　このまま僕の血飲ませちゃうけど」

　空逢くんの血を飲んじゃったら、ぜんぶ空逢くんの言うこと聞くようになっちゃうから。

「うぅ、ずるい……」

「飲んじゃったほうがラクかもよ？」

「や、だ……」

「じゃあ、今すぐ脱いで」

　やっぱり、いつだって主導権は空逢くんが握ってる。

　わたしが拒否できないように、うまいこと誘い込んでくるから。

「ま……って。わたし先に入る、から……っ」

「脱ぐところ見ちゃダメなの？」

「ダメ……！」

「ふっ……仕方ないね。じゃあ、恋音が先に入ってていいよ」

　いつもと同じ温度のお湯なのに、いつもより何倍も熱く感じて、もうすでにのぼせちゃいそう……。

　このまま、お湯の中に隠れたい……。

　目の前の真っ白なお湯に、ひたすら目線を合わせて、ドキドキと闘ってる。

「入浴剤いらなかったのに」

　後ろから抱きしめてくる空逢くんの声は、ちょっと不満そう。

　広いはずのバスタブは、ふたりで入ってるとすごく狭く感じるし、心臓のドキドキもピークを通り越してる。

「そんな恥ずかしい？」

「む、むりぃ……」

　肌と肌が触れてるだけで、心臓がバクバクでそれが伝わっちゃいそう。

「ぜんぶベッドで見てるのに」

「ぬぅぅ……言わないで……！」

「こうやってお風呂で抱き合うと、肌が触れ合っていつもと違う感じするね」

　首だけくるっと後ろに向けると、いつもと違って前髪をかきあげてる色っぽい空逢くんが映る。

　うぅぅ……何もかも心臓に悪いよぉ……。

「恋音の身体、どこ触ってもやわらかいから」

「ひゃっ……」

「あと、ここ──弱いもんね」

「ん……やぁ……っ」

　イジワルな手つきで、弱いところばっかり攻めてくる。

　お湯の熱さと、ドキドキしてあがる身体の熱と。

　ふたつが合わさって、頭がボーッとしてクラクラしてる。

「ほんとはさ……お風呂では何もしないつもりだったけど」

「っ……」

「恋音が甘い声で鳴くから──僕も我慢できなくなるね」

　脇の下に手を入れられて、身体が持ち上げられて。

　とっても恥ずかしい状態で、空逢くんの上に乗せられて
しまった。

　目が合うと、身体中の血液（けつえき）がブワッと沸騰（ふっとう）してるんじゃ
ないかってくらい──熱くてドキドキする。

「……いい眺め」

「み、見ちゃ……やだ……」

　お湯をパシャパシャしても、簡単に手をつかまれちゃう。

　少し熱っぽい瞳が、とらえて離してくれない。

「お湯で火照った肌って、ものすごく色っぽいね」

「ん……」

　指先で軽く触れられただけなのに、おかしいくらいに身
体が反応してる。

「色っぽい恋音も、そそられるね」

「……あっ、ぅ……」

　後頭部に手を回されて、グッと力を込めて吸い込まれる
ように唇が重なる。

　ちょっと触れただけなのに、いろんな熱にかき乱されて意識がどこかに飛んじゃいそう。

　すぐに苦しくなって、唇をちょっとずらしてスッと酸素を取り込む。

　お互いの吐息がかかって、クラクラ……熱い。

「これ以上したら止まらなくなりそう」

「はぁっ……ぅ」

「いったん出て、熱冷まそうか」

　空逢くんの大きなシャツを着せてもらって、ベッドに横たわる。

　ちょっと、のぼせたみたいで、まだ頭がほわほわしてる。

「一緒にお風呂は難易度高かったかな」

「ぬぅ……高すぎるよぉ……」

「ベッドでは可愛く乱れてるのにね」

　顔からプシューッと火が出ちゃいそう……。

　そんな恥ずかしいこと、さらっと口にしないでほしい。

「もうお風呂ぜったい一緒に入らない……！」

「えー、それは悲しいなあ」

　クスクス笑って、空逢くんもベッドに倒れてきた。

「あんなに明るいところで見られるの無理……だよ」

「じゃあ、今度は暗くする？」

「空逢くん暗くても見えるでしょ？」

「あれ、バレてた？」

　前に停電したときに、吸血鬼は暗いところでも目が見え

るって、教えてもらったもん。

「それじゃあ、しばらく一緒にお風呂はおあずけかあ」

　ちょっと残念そうに、シュンッとしてる。

　でも、きっと、わたしが本当に嫌がることは無理強いしてこないだろうから。

　そういう優しいところも、すごく好き。

　なんだか無性に抱きしめてほしくなって、自分からギュウッと抱きつくと。

「急に甘えてくるなんて、どうしたの？」

　うれしそうな声で聞いて、もっと強い力で抱きしめ返してくれる。

「えっと……これからもずっと、こうして空逢くんのそばにいられたらいいなって」

　何気ない瞬間だけれど、ふとそんなことを思って、伝えたくなった。

「僕も、ずっと恋音にそばにいてほしいよ。死んでも手離す気ないから」

「そ、そんなに……っ？」

「僕の独占欲、あんまり舐めないほうがいいよ」

「わたしも……独占欲、ちょっと強い……かも。他の女の子に、ぜったい空逢くんのこと渡したくない」

　ちょこっと顔をあげて見つめると、やられたって顔をしてる。

「あぁ……もう僕の心臓、恋音の可愛さでおかしくなる」

　最初は、家柄で決められた愛のない契約だと思っていた

けれど。

　今こうして、空逢くんと気持ちが通じ合って、こんなに幸せな瞬間はないって思えるほど。

　だから、ぜったいに離れたくないし、空逢くんのこと精いっぱい大切にしたい。

「愛してるよ、恋音」

　今もこれからも──わたしたちの未来に幸せが続きますように。

End

☆ afterword

あとがき

いつも応援ありがとうございます、みゅーな**です。

この度は、数ある書籍の中から『吸血鬼くんと、キスより甘い溺愛契約～イケメン御曹司生徒会長に、異常なほど可愛がられています～』をお手に取ってくださり、ありがとうございます。

皆さまの応援のおかげで、14冊目の出版をさせていただくことができました。本当にありがとうございます……！

今回はシリーズ第2弾のお話です！

1巻でも少し登場した空逢と恋音をメインで書きました。

今まで書いたことがない生徒会ものでしたが、どうだったでしょうか？

空逢みたいな優しい顔して攻めたことをしてくる男の子が、今ものすごく自分の中ではまっていて（笑）。

空逢の世界には、ほんとに恋音しか映ってないんじゃないかってレベルで溺愛しすぎてる……って、編集作業をしながら思っていました（笑）。

恋音も、ふわふわしてる感じの雰囲気でしたが、しっかりした一面もある子で、とても書きやすかったです。

そして、次の3巻では透羽と緋羽がメインです。

　ちょっと女遊びが激しい透羽と、恋に憧れる素直になれない緋羽の先輩×後輩のお話です！

　１巻の音季と真白はもちろん、２巻の空逢と恋音も出てくる予定です！
　楽しみにしていただけるとうれしいです……！

　最後になりましたが、この作品に携わってくださった皆さま、本当にありがとうございました。
　２巻のカバーイラストも、とびきり可愛く描いてくださったイラストレーターのOff様。
　かっこいいと可愛いがギュッと詰まったカバーイラストが本当に可愛くて。いつもイメージに合わせてイラストを描いていただいて、感謝でいっぱいです。
　挿絵も、どのシーンも本当に可愛くて、何度も見てしまうくらいです！

　そして、ここまで読んでくださった読者の皆さま、本当にありがとうございました！
　次がシリーズ最終巻の予定ですので、３巻のほうもぜひお手に取っていただけたらうれしいです！

2021年11月25日　みゅーな＊＊

作・みゅーな＊＊

中部地方在住。4月生まれのおひつじ座。ひとりの時間をこよなく愛するマイペースな自由人。好きなことはとことん頑張る、興味のないことはとことん頑張らないタイプ。無気力男子と甘い溺愛の話が大好き。近刊は『独占欲全開なモテ男子と、幼なじみ以上になっちゃいました。』など。

絵・Off (オフ)

9月12日生まれ。乙女座。O型。大阪府出身のイラストレーター。柔らかくも切ない人物画タッチが特徴で、主に恋愛のイラスト、漫画を描いている。書籍カバー、CDジャケット、PR漫画などで活躍中。趣味はソーシャルゲーム。

ファンレターのあて先

〒104-0031

東京都中央区京橋1-3-1

八重洲口大栄ビル7F

スターツ出版（株）書籍編集部 気付

みゅーな＊＊先生

KEITAI
SHOUSETSU
BUNKO
SINCE 2009

吸血鬼くんと、キスより甘い溺愛契約
〜イケメン御曹司な生徒会長に、異常なほど可愛がられています〜
2021年11月25日　初版第1刷発行

著　者　みゅーな＊＊
　　　　©Myuuna 2021

発行人　菊地修一

デザイン　カバー　粟村佳苗（ナルティス）
　　　　　フォーマット　黒門ビリー＆フラミンゴスタジオ

ＤＴＰ　久保田祐子

編　集　黒田麻希　本間理央

発行所　スターツ出版株式会社
　　　　〒104-0031 東京都中央区京橋1-3-1　八重洲口大栄ビル7F
　　　　出版マーケティンググループ　TEL03-6202-0386
　　　　（ご注文等に関するお問い合わせ）
　　　　https://starts-pub.jp/
印刷所　共同印刷株式会社
Printed in Japan

ISBN　978-4-8137-1178-0　C0193

ケータイ小説文庫　2021年8月発売

『イケメン幼なじみからイジワルに愛されすぎちゃう溺甘同居♡』　ＳＥＡ・著

高校生の愛咲と隼斗は腐れ縁の幼なじみ。なんだかんだ息ぴったりで仲良くやっていたけれど、ドキドキとは無縁の関係だった。しかし、海外に行く親の都合により、愛咲は隼斗と同居することに。ふたりは距離を縮めていき、お互いに意識していく。そんな時、隼斗に婚約者がいることがわかり…？

ISBN978-4-8137-1137-7
定価：649円（本体590円＋税10%）

ピンクレーベル

『極上男子は、地味子を奪いたい。③』　＊あいら＊・著

元トップアイドルの一ノ瀬花恋が正体を隠して編入した学園は彼女のファンで溢れていて…！　暴走族LOSTの総長と最強幹部、生徒会役員やイケメンクラスメート…花恋をめぐる恋のバトルが本格的に動き出す!?　大人気作家＊あいら＊による胸キュンシーン満載の新シリーズ第3巻！

ISBN978-4-8137-1136-0
定価：649円（本体590円＋税10%）

ピンクレーベル

『同居したクール系幼なじみは、溺愛を我慢できない。』　小粋・著

高2の恋々は、親の都合で1つ下の幼なじみ・朱里と2人で暮らすことに。恋々に片思い中の朱里は溺愛全開で大好きアピールをするが、鈍感な恋々は気づかない。その後、朱里への恋心を自覚した恋々は動き出すけど、朱里は恋々の気持ちが信じられず…。すれ違いの同居ラブにハラハラ＆ドキドキ♡

ISBN978-4-8137-1135-3
定価：649円（本体590円＋税10%）

ピンクレーベル

『余命38日、きみに明日をあげる。』　ゆいっと・著

小さい頃から病弱で入退院を繰り返している莉緒。彼女のことが好きな幼なじみの琥生はある日、『莉緒は、38日後に死亡する』と、死の神と名乗る人物に告げられた。莉緒の寿命を延ばすために、彼女の「望むこと」をかなえようとする。一途な想いが通じ合って奇跡を生む、感動の物語。

ISBN978-4-8137-1138-4
定価：649円（本体590円＋税10%）

ブルーレーベル